COLLECTION FOLIO

Maylis de Kerangal

Dans les rapides

Gallimard

© *Naïve*, 2007.

Maylis de Kerangal est l'auteur de plusieurs romans aux Éditions Verticales, dont *Je marche sous un ciel de traîne* (2000), *La vie voyageuse* (2003), *Corniche Kennedy* (2008), *Naissance d'un pont* (prix Franz Hessel et prix Médicis 2010), *Tangente vers l'est* (prix Landerneau 2012), *Réparer les vivants* (prix RTL-*Lire* et prix du Roman des Étudiants France Culture-*Télérama* 2014) et d'un recueil de nouvelles, *Ni fleurs ni couronnes* (« Minimales », 2006). Aux Éditions Naïve, elle a conçu une fiction en hommage à Kate Bush et Blondie, *Dans les rapides* (2007).

une question stratégique à résoudre avant d'atteindre le véhicule : qui va devant ? La grande bringue à bouche rouge et la brune maigrichonne se tournent de concert vers la troisième qui marche sans broncher, yeux plissés vers son futur proche, le siège avant côté passager, et une fois devant la portière, celle-là – jean et baskets, tricot arc-en-ciel au point mousse, gabardine – se retourne vers les deux autres, d'accord, mais c'est la dernière fois.

L'habitacle empeste le tabac froid, le sel et le chien mouillé. De fait, un type fume au volant, un chien remue à l'arrière. La pluie mitraille la tôle, on ne s'entend pas. Le type est jeune, caban noir et jean délavé, cheveux aux épaules, il regarde droit devant lui, demande je vous dépose dans le centre ? Hochements synchrones des trois têtes de filles, celle à l'avant précise d'un timbre net rue Arthur-Honegger. Le type sourit, appuie sur l'allume-cigare, retourne une cassette dans l'appareil, presse la touche *play*, hausse le volume, enclenche la vitesse, et, avant-bras tendus sur le volant et coudes cassés en angle droit mais poignets souples, regard fixe et bouche entrouverte, il appuie sur la pédale, démarre en trombe.

Autre chose vrombit au même moment, autre chose les propulse, un son qu'elles ne connaissent pas mais une musique faite pour elles qui l'ignorent encore puisque sont clouées sur place, bouche sèche et cou tendu vers la fine bande transparente encastrée dans le tableau de bord qui déroule, déroule, déroule, tandis que la voiture trace, elle, mute bolide, Ferrari, Facel Vega n'importe quoi de rouge et de puissant, fonce sur le boulevard maritime ensauvagé par les tempêtes d'équinoxe, sans freiner dans les virages, cet autre chose, un son tendu et survolté qui opère dans leurs corps comme une injection d'oxygène : sonnerie du téléphone, bruit sale, nasillard, sans attendre déboule une voix de fille, une voix de fille qui sonne comme une voix de fille justement, une voix qui chante vite, et fort, et vite et fort et vite, fend la cité de béton, pierre contre pierre, traverse le décor, râpeuse, sèche et tranchée avec revers velours, tournoyante, cette voix, le caillou de la fronde, et la fille à l'avant regarde ses comparses dans le rétroviseur, ahuries enfoncées dans la banquette et collées l'une à l'autre à cause du chien maousse, les épaules remontées aux oreilles, les yeux fixes, et bientôt la voiture se gare rue Arthur-Honegger. Le type se tourne vers ses passagères et annonce par-dessus son bras, vous êtes arrivées les filles. Les portes claquent à l'arrière et le silence se fait dans la cabine saturée, malgré l'averse grenue qui tambourine et le chien qui halète – puissant, massif, c'est un terre-neuve, sa langue rose humide pend hors de sa gueule comme une escalope, ses yeux sont dorés comme de l'orpiment. La fille à l'avant se tortille sur son siège, en nage, joues brûlantes et mains glacées, s'il vous plaît, c'est quoi, là, ce qu'on vient d'entendre ? Le type se penche vers la boîte à gants de sorte qu'il semble poser sa tête sur les genoux de la fille, avance la main dans la cavité, fouille, sort un étui de cassette, lit Blondie, *Parallel Lines*, la fille le regarde, répète à voix haute, d'accord, merci, puis descend rejoindre les deux autres éloignées à l'abri sous un porche et qui déjà attendent de savoir. Leur crie de loin, c'est Blondie, c'est *Parallel Lines*.

Le Havre, 1978. Il s'agit de trois filles, elles ont quinze ans. Sont trois inséparables qui grandissent dans une ville de béton dressée en bout d'estuaire – un flanc sur le fleuve, un flanc sur le plateau, la tête contre la mer –, une ville qui trente ans après les bombes de la guerre bouillonne dans la haine de soi, n'en finit pas de se trouver méconnaissable, laide, blousée, refaite de son histoire, du lustre de son passé, reconstruite comme on le dit d'une gueule cassée passée par la chirurgie lourde, inconsolable donc, quand bien même neuve, repensée, redéployée selon un plan américain – géométrie axiale, artères perpendiculaires, urbanisme modulaire et plastique du béton. Le vent y circule dans un bruit d'enfer et avec lui, la marche des années Giscard et les crises qui lardent au couteau le beau costume de la modernité : les puits ferment en Lorraine, deux cent vingt mille tonnes d'huile noire échappées de l'*Amoco Cadiz* surfacent la mer côtière, les Brigades rouges exécutent Aldo Moro, et encore, par-dessus tout, un Premier ministre tout rond déclare qu'il faut se serrer la ceinture. Tout cela, les trois filles n'y pensent jamais. La présence du rivage – seuil ou limite –, le climat violent, le béton Perret, les rues dépeuplées passé sept heures du soir, la pluie polymorphe, la mer opaque, la grisaille nuancée sur la palette du peintre, tout cela leur passe au-dessus de la tête – quand bien même sont contenues dans cette géographie-là. Elles ont les joues fraîches, le vent dans la figure, déambulent à deux, à trois sur une Mobylette, tournent du centre-ville au plateau, de la plage – galets, cabanes de planches – au cap de La Hève – blockhaus tagués et divers abris poisseux qui puent le sel et la pisse –, des boutiques de vêtements aux bars à bière et autres rades à matelots – elles ne font qu'y boire du café. Elles traînaillent. Sont piégées dans la latence, congestionnées par le désir qui colonise leur corps de l'intérieur comme une plante vivace, désir violent d'être sans objet, bête d'être désincarné, et gros, et désœuvré, et sans issue dans la vie qu'elles mènent – la maison, le lycée, le café, le lycée, la maison, les tours en ville, les vacances, la vie ordinaire. Si bien qu'elles sont là disponibles, épouvantablement disponibles, confusément attendent que quelque chose advienne, que quelque chose se passe, ne font rien. Aussi, elles ont raison d'attendre. Le Havre est un port et pas n'importe lequel. Une combinaison serrée de communisme municipal, de prolétariat et de liaisons journalières par ferry avec Southampton l'ont façonné formidable émetteur-récepteur à sons d'outre-Manche, érigé avant-poste : les disques nécessaires y arrivent plus vite qu'ailleurs, et les jeunes groupes rock débarquant là tournent toujours un soir ou deux avant de filer sur Paris. Entonnoir à musiques, il est terrain fertile, les formations y germent, poussées dans l'obscurité des caves des HLM à l'est de la ville ou dans les garages des pavillons de banlieue, et cela de Bléville jusqu'à Rouen et alentour. De sorte que Le Havre, à l'instar de Liverpool, Hambourg ou Manchester, est déjà une *rock city*, ce que les trois filles ignorent quand bien même possèdent en outre deux atouts concrets qui leur sont comme des as de réserve planqués dans les manches : elles sont pourvues d'un horizon, un vrai, un tendu, ligne de mire sur laquelle coulissent toutes sortes d'embarcations promises à des ailleurs tangibles – une chance inouïe quand on y pense : un ricochet par-dessus la Manche et l'on se pose en Angleterre, à Londres évidemment, ou pourquoi pas dans le Kent, à Bexleyheath, dans un jardin, au seuil d'une grange transformée en studio d'enregistrement ; de là, un second rebond et hop, on passe par-dessus l'Atlantique et l'on touche New York, Downtown, et précisément le 315 Bowery, le CBGB's –, elles sont pourvues d'un ciel incroyablement vaste et tourmenté, où l'air tournoie à toute vitesse.

Une histoire à trois, ça ne marche jamais, tout le monde le leur affirme, il y a toujours un moment où cela ne va plus, où c'est deux contre une, jeu de billard à trois bandes et autre ratatouille de lieux communs. Or si ces trois-là se sont connues au lycée, elles ont formé trio à la Société havraise d'aviron – ce qui n'a rien d'anecdotique au regard de l'histoire qui va suivre. L'aviron était l'une des nouvelles disciplines proposées par le lycée dans le cadre des cours d'éducation physique et sportive et elles avaient coché la case sans réfléchir, un sport inhabituel, le plein air, avaient pensé « ça ou les barres asymétriques… », « tout plutôt que le hand ! ». Elles avaient croisé les doigts pour qu'il y ait peu d'élues et qu'elles n'en soient pas. Mais il y eut des places à prendre. Personne n'eut envie d'aller se geler les fesses sur les eaux vert-de-gris du bassin du Commerce pour en revenir les doigts gourds, les pieds transis. Aussi se retrouvèrent-elles trois, plus leur enseignante, une baraque aux yeux glacés dépourvus de cils, aux fesses de discobole et au sourire américain. Aucun rétropédalage ne fut admis. Ce fut l'aviron chaque semaine, le mercredi après-midi. Des yoles fragiles qu'il fallait mettre à l'eau en suivant un strict protocole. Puis, une fois assises, ramer. Accomplir les mêmes gestes au même instant et tenir le rythme, deux, deux, paf, paf, plié tendu, plié tendu, chacune à son poste, un quart de seconde de décalage et les rames s'entrechoquent, les coups pleuvent, les corps s'assomment, l'embarcation tangue et se retourne. Un quart de seconde de décalage. Être rapides parce que synchrones, être fortes parce que groupées, être endurantes parce que précises. L'essence même d'un collectif en mouvement. L'aviron leur plut. Au moins, elles muscleraient leur corps, il y aurait des compétitions, c'est le sport le plus complet qui soit. On les traita de masochistes, on leur prédit des épaules de déménageur et des cuisses d'haltérophile, on prophétisa des angines blanches, des nez morveux, on se gaussa, elles devinrent assidues : la pratique créa le lien. Après quoi, l'été se passa sans une carte postale et la petite troupe se reforma sans effort à la rentrée, poches pleines même si peu d'aventures, les vacances familiales ayant souvent viré pensums, mais voilà, elles étaient tout de même parties, camping, location dans les Landes, séjour chez une grand-mère, elles avaient tout de même croisé des garçons à la piscine, sur une terrasse ou dans un train de nuit parti d'Austerlitz pour foncer vers le sud, elles avaient fait de la route.

À présent, elles se pressent de retrouver la rue Arthur-Honegger et la chambre de l'une d'entre elles, au cinquième étage d'un immeuble de la ville nouvelle, leur quartier général, la place où elles s'agglutinent, excitées, le repaire où elles se chauffent, assises en tailleur, parfois allongées sur le dos, parfois en soutien-gorge et chaussettes de laine, masque au concombre sur le visage, ou *cold cream*, clope au bec, l'endroit où elles s'immergent dans un bain de paroles et se livrent lors d'infinies conversations strictement menées à toutes sortes de classements : garçons, films, livres, disques, marques de jeans, shampooing, rouge à lèvres tout y passe – assortis de commentaires également amoureux, rêveurs, rosses, infâmes – cette chambre où, surenchère de coupe-choux, les filles taillent et tranchent, découpent tout ce qui entre dans leur orbite, étalonnent les critères et partagent les territoires, rigolent, profèrent des énormités qui leur font se couvrir la tête, mais inventent le plan orthonormé de leur connivence, et bon sang qu'elles se sentent fortes, le volume sonore de leur rire leur donne raison, elles veulent ignorer à quel point les frontières sont friables, mobiles, elles le veulent, pour l'heure elles recherchent des oppositions, des lignes de force, se placer quelque part, s'y retrouver.

Le Havre, 1978. Dire cette histoire au présent, c'est un temps qui contient tous les autres, apte à faire respirer le passé autrement que comme le temps toujours un peu crapuleux du souvenir, capable de lui donner du volume, du volume c'est-à-dire de l'espace et du son, exactement ce qu'il faut pour raconter ce qui advint de trois adolescentes fermement amarrées les unes aux autres et soumises ensemble à deux forces *a priori* contraires, à deux voix. Elles sont de retour, les voici, brunies par le soleil et primées d'une envie de passer à la vitesse supérieure, d'entreprendre un projet commun, ce serait bien qu'on fasse quelque chose toutes les trois, voilà le leitmotiv qui ponctue la montagne des heures qu'elles passent ensemble, dimanche compris, puisque ce dimanche-là, donc, dans la R16 pistache sur la banquette arrière, il y a

Nina Canavaro – faone fébrile, les trois foulards indiens insensés tressés en écharpe, oreilles percées –, il y a Lise Berger – la grande, chaussettes montantes vert pomme et genoux rouges – et à l'avant, le chandail arc-en-ciel tricoté point mousse, primo-articulatrice du vocable étincelant, *Blondie*, il y a moi.

PICTURE THIS, 2.56
Blondie, *Parallel Lines*

Le lendemain de ce que nous devions appeler plus tard entre nous le Jour-de-Blondie – évacué, l'homme au chien dans la R16 pistache, pas une once de gratitude pour le passeur, rien – le jour suivant donc, nous voyons Lise garer sa mobylette devant le Bar du Lycée – c'est une 103 Peugeot rouge et neuve, cadeau d'un père entrepreneur *self-made-man*, cadeau que récuse la mère infirmière en chef, j'en vois moi des gosses bousillés, à l'hôpital, mais, résignée, elle avait fait jurer le port du casque et le strict respect du code – puis elle y entre, heaume sous le bras et houppelande kaki gonflée dans son dos en cape mousquetaire commuée traîne royale une fois l'air évanoui, le torse en avant et la tête baissée, comme propulsée du dehors vers notre table, et sur son passage les poivrots lèvent la tête, quelqu'un marmonne, bousculé semble-t-il, Lise ne se retourne pas, s'affale devant nous qui l'attendions côte à côte, salut !, pas de bises, avec elle, jamais, sort de son sac un 33 tours filmé de papier glacé, puis plante ses yeux dans les nôtres, alternativement : je l'ai. Nina et moi ne manifestons aucune surprise : ayant entendu Bondie, Lise ne pouvait pas attendre, on la connaît, elle et son grand corps démangé par l'impatience qui est sa marque de fabrique, elle dont la carcasse carbure à l'air du temps, faisceau d'ondes très matérielles qu'elle capte comme personne ou plutôt dont elle s'empare comme la pie du bijou, enfourne concrètement dans sa grande bouche vorace et convertit en vitamines adéquates pour perforer le futur comme une fusée, elle dont la plus cinglante vexation est de se trouver à côté de ce qui se passe, hors jeu, Lise, la voilà – Nina tire sur sa cigarette, je demande un autre café.

Blondie, *Parallel Lines*, la pochette. Canon. Une fille et cinq garçons. Debout et côte à côte, ils regardent l'objectif, annoncent la structure et la couleur, ce sera géométrique, noir et blanc – on ne peut être plus clair. Noir et blanc les larges rayures verticales qui tapissent le fond de l'image, noir les costards étroits, les cravates fines comme des lamproies pendues sur les boutonnières, blanc la robe de débutante que porte la fille, ses mules et ses cheveux platine.

Noir et blanc *straight*, noir et blanc de ceux qui ne tergiversent pas, noir et blanc manifeste. Et rouge enfin, la signature directe de Blondie en travers de la pochette, *Parallel Lines*, baiser *red hot* d'un bâton de rouge à lèvres – d'un bâton de dynamite.

Emballage graphique du son et allumage du désir : immédiatement la fille nous intéresse, c'est elle qui nous plaît. Parce que c'est une fille, certainement – elles sont minoritaires sur la scène – mais pas seulement. Cette fille-là incarne une place convoitée, un enjeu : être une fille parmi les garçons, être l'acceptée, la fille du groupe, et rare sinon la seule, celle qui a passé haut la main le filtrage qu'ils opèrent – aptitude à endurer la nuit, à parler fort, à saisir les blagues qui fusent comme des balles de ping-pong et à y répondre, à coller au groupe sans solliciter de traitement spécial. Alignée avec les garçons en travers de la pochette, la fille est quatrième si on compte vers la droite, troisième si l'on compte vers la gauche : elle est bien au milieu – c'est Lise qui compte à voix haute, à toute allure, l'index pointé sur les visages. Et même, je le souligne en glissant un ongle à la surface du fin carton verni, au regard de la position de ses mules à talons légèrement en avant de la ligne de base, elle précède ses acolytes d'un quart de pouce : elle conduirait le groupe, elle serait le leader. Mais autre chose nous captive. La fille n'est pas seulement une fille parmi les garçons, elle n'est pas Patti Smith androgyne, classieuse et princière en chemise d'homme sur la pochette de *Horses*, ni Chrissie Hynde sanglée dans ses cuirs. C'est une fille comme une fille parmi les garçons, de plain-pied avec eux. Pas n'importe quoi de docile à couettes calée à la place qu'on lui aura assignée, pas n'importe quoi de garçon manqué grimaçant sa pose viriliste pour se faire accepter dans la cour des mecs, non, elle, c'est une fille, *a real girl*. Et cela se voit. Son corps entier le fait savoir avec la belle assurance crâne qui, à elle seule, tiendrait lieu de programme.

Blonde, elle l'est, hardiment même, c'est elle qui l'a choisi et elle le fait savoir – des mèches brunes pendent dans son cou –, une blondeur qu'elle aura voulue platine, glamour, hollywoodienne, une blondeur Marilyn qui joue l'artifice pour accrocher la lumière ; et belle encore, sexy, la robe à fines bretelles et décolleté danseuse – Marilyn encore – qui laisse voir son corps de fille, les épaules déboîtées vers l'avant, les bras fins, musclés, le haut des seins, les mollets contractés, les chevilles libres. Un corps de fille qui abuse d'en être une, et une belle, et une blonde, et une en talons hauts debout au milieu des types en noir, qui abuse de son genre donc, et foutrement, allez tous vous faire voir, c'est ça – moi comme ça – ou rien. Fausse poupée, fausse blonde, fausse Lolita starlette et vraie fille poings sur les hanches, en appui sur des jambes tendues, une bandelette blanche en touche bondage érotique enroulée au bras gauche – ouais, pour ceux que ça intéresse, qu'ils se manifestent, j'aimerais voir ça –, elle se tient d'aplomb, et lestée d'arrogance salutaire, le regard direct et fardé de celle qui attaque son sujet sans méconnaître le travail qui l'attend. Calme, déterminée, sûre d'elle. Placée. Tandis que les autres autour d'elle, les garçons justement, ceux-là posent désinvoltes, charmeurs, ils jouent, rient, caressent l'objectif du regard ou, déhanchés, se payent le luxe de regarder ailleurs.

Nina a sorti le disque de la pochette, le papier cristal crisse sur le vinyle, elle entreprend maintenant de lire le livret. C'est important précise-t-elle, de savoir de quoi ça parle – les paroles des chansons, elle les saura bientôt par cœur, absolument, puisqu'elle les aura traduites avec tout le sérieux que requiert une telle opération, comme si comprendre le texte était l'enjeu d'un morceau, Lise prétend l'inverse, tu n'as rien compris justement, les paroles on s'en fout, ce n'est pas ce qu'on demande, c'est toujours la même chose, *love love love, you you you, ever, wherever, whenever, forever,* le rythme est tout ce qui compte, Lise se lève alors, et elle danse, et quand elle danse, elle finit toujours par tourner sur elle-même, sa queue-de-cheval comme la pale de l'hélicoptère. Je déchiffre les noms : Debbie Harry, Chris Stein, Jimmy Destri, Clem Burke, Frank Infante, Nigel Harrison. Égalent : Blondie (1978).

I KNOW BUT I DON'T KNOW, 3.56
Blondie, *Parallel Lines*

Scène de genre de l'année 1978. Douze jours plus tard. Ceux du lycée entrent dans le bar, la petite bande nerveuse, les garçons de terminale. Deux ans de plus que nous. Ont toujours cette même façon d'investir les lieux de se bousculer, de s'asseoir en shootant dans les chaises, de faire racler les pieds de table, de parodier la bagarre, toujours cette arrogance des corps agrégés, arrogance qui renfrogne les barmaids, fait gueuler les patrons, briller l'œil des filles délurées. En rasant notre table, ils reluquent la pochette de *Parallel Lines*, marmonnent, font les malins, cherchent quelque chose à dire, l'expertise rock est un fantastique outil de drague, nous appâtons, faussement indifférentes, le disque bien en évidence, nous voulons aller au contact.

L'un des garçons s'appelle Pierre, c'est lui le plus agité. Il feint de s'arrêter net, se penche par-dessus l'épaule de Lise, ajuste ses lunettes, lâche d'une voix qui outre l'étonnement : Blondie ? Oooh ! Z'êtes rock maintenant, les filles ? Rires légers à l'arrière-scène, des épaules bougent, des blousons s'approchent. On est ce qu'on veut, Lise lui sourit comme on lance un défi – les commissures de ses lèvres tremblent. Ça me paraît bien comme programme, il rétorque, à l'aise. C'est clair, c'en est un, Lise a relevé la tête, la cigarette tenue à l'extrême bout de ses doigts tendus à hauteur d'œil, les cheveux tirés. Fleuret moucheté, tout ce petit monde se cherche, c'est électrique. Les yeux de Pierre traînassent à nouveau sur la pochette, Blondie, ouais... ouais, j'ai préféré celui d'avant, *Plastic Letters*, c'est celui-là qu'il faut que vous écoutiez, les filles, il est meilleur. Pierre nous parle. Lise est rouge, farfouille au fond de son sac pour occuper ses mains, Nina écrase sa cigarette et sort un minuscule carnet sur lequel elle note en silence *Plastic Letters* – ce faisant, elle agace prodigieusement. Qu'est-ce qui te fait dire ça, qu'il est meilleur ? C'est moi qui ai parlé. Pierre qui marchait vers le fond du bar escorté de ses acolytes pivote et revient sur ses pas, hé les filles, on se réveille ! Puis il tire une chaise et s'assied de biais à notre table – de biais seulement, mais tout de même, il s'assied – et, sacoche sur les genoux, mains qui voltigent, enchaîne vous avez écouté la 6 ? Le tube parfait calibré pour la gagne, formaté pour les radios, commercial, brillant, pro. On est sorti du garage. *Heart of Glass*, c'est boum punk is dead, v'là du disco, allons en boîte. Tu vois ou pas ? Il me regarde sans me voir, reprend son inspiration, poursuit *Plastic Letters*, c'est leur meilleur, le disque radical, sauvage, tendu comme un putsch : un groupe qui grenouille dans la dèche et les combinaisons aléatoires, se forme, monte occuper la scène, vient s'emparer du micro, à l'arrache car soudain c'est l'urgence, c'est l'instant ou jamais, Blondie est là, au bon endroit au bon moment, capte cet instant. Pierre se lève soudain, nous salue en surjouant le fâcheux incrusté, s'éloigne en nous tournant le dos, trois enjambées, alors opère une dernière torsion du buste, un sourire soyeux piqué sur ses lèvres ironiques, ajoute hâbleur, sûr de lui, surplombant, non mais c'est bien, quand même, les filles, *Parallel Lines*, c'est même très bien, je suis content, vous irez loin ! enfin s'en va agglomérer son manteau noir aux silhouettes serrées sur les banquettes du fond, s'efface dans les fumées. Nous avalons notre café sans broncher. Lise pose ses coudes sur la table, maugrée – mais trop tard, elle le sait – à voix forte – mais pas assez forte pour que Pierre l'entende, puisque assis là-bas maintenant et conversant avec d'autres, elle le sait aussi – trop contente d'avoir ta bénédiction, mec. Nous sommes pétrifiées : il existait d'autres disques avant *Parallel Lines*. Autrement dit on arrive à la fumée des cierges quand on croyait se tenir à la proue de l'histoire. On prend un coup sur la tête – punk is dead alors que pour nous c'est maintenant que ça commence ? Merde. La fille blonde sur la pochette de *Parallel Lines* ne cesse de me regarder, elle semble dire alors quoi, les filles, qu'est-ce qui s'est passé ? On le laisse filer, celui-là ? On ne lui dit rien, on laisse tomber l'affaire ? Faut être plus joueuses que ça, plus fines, plus accrocheuses surtout, lui demander de préciser par exemple ce qu'il appelle un morceau « calibré pour la gagne » et en quoi c'est *bullshit*, parce que moi, Debbie, j'ai envie que toute la planète écoute Blondie, j'entre dans le système et je peux en parler, si bien que sur le son commercial et le rouge à lèvres, j'ai des trucs à dire à ce garçon – elle me fait un clin d'œil. D'accord, on prend le train en marche. *Plastic Letters*, nouveau gisement, énorme coup de bol. On ferait mieux de se réjouir.

Les cours reprennent dans dix minutes. Nous plions bagage et filons sans même risquer un œil par-dessus notre épaule. Devant le portail du lycée, Lise s'immobilise, déclare sèchement qu'elle ne va pas en cours, je sèche, je passe à l'auditorium pour voir s'ils ont *Plastic Let-*

ters. Nina écarquille les yeux, ça ne peut pas attendre ?, mais déjà Lise a tourné les talons et sa queue-de-cheval bat dans l'air tel un métronome. Nina et moi nous séparons dans les étages. La salle de classe est encore déserte. Je m'assieds au troisième rang, côté fenêtre. Bientôt d'autres élèves entrent. C'est un cours de grec. Ce type, Pierre, il me plaît. Il avait dit avec son sourire de travers « z'êtes dev'nues rock, les filles ? ». C'est drôle. T'es rock, t'es pas rock. La vie rock. Ce n'est pas gravé sur les disques, ce n'est pas imprimé dans les livres. Une épithète consubstantielle, un attribut physique comme être blonde, nerveux, hypocondriaque, debout. Rock rock rock. Le mot est gros comme un poing et rond comme un caillou. Prononcé cent fois par jour, il ne s'use pas. Dehors le ciel bouillonne, léger, changeant quand les nuages pèsent lourd, des milliers de tonnes bombent l'horizon derrière les hautes tours, suspendus. Être rock. Être ce qu'on veut. Plutôt quelque chose de très concret. Demandez le programme !

11:59, 3.20

Blondie, *Parallel Lines*

ἀναφαίνεται ὁ ἥλιος... Être une fille, avoir vingt ans, choisir la musique, partir vivre à New York – pressentir qu'on lui doit ça, au moins, à la musique : partir de chez soi et se mettre en route. Or, il faut se figurer ce qu'il en est d'arriver à New York fille seule au début des années soixante-dix. Quel bagage a-t-elle prévu, la jolie Debbie, quels tee-shirts, quelles robes ? Combien de numéros de téléphone a-t-elle dans son sac, cinq, six, douze ? Qui appelle-t-elle le premier soir ? Cet homme qui l'a draguée l'autre jour, une main lui glissant sa carte professionnelle dans la poche, l'autre tout à son affaire et passée sous la jupe, cherchant à s'introduire sous l'élastique de la culotte ? Cette inconnue, la nièce d'une amie de sa mère, qui pourrait peut-être l'aider ? Sa mère, tout simplement ? Oui, appelle-t-elle sa mère au premier minuit de sa présence à New York, cette femme qui aimait l'opéra et lui faisait écouter du bel canto à la radio lorsqu'elle était enfant et que le vent poisseux échevelait les palmiers d'argent dans le ciel de Floride, cette mère qui l'a élevée *dans* la musique ? A-t-elle honte, a-t-elle peur ? Comment ça se passe, les premières nuits, comment ça se passe précisément ? Se débrouiller – il ne s'agit que de cela, de débrouillardise. Se débrouiller sans rechigner au bricolage, aux petits arrangements, aux microstratégies, aux pivotements, aux promesses sonnantes, à tout ce que vivre ici et maintenant requiert d'ingéniosité, de ruse et d'appétence, user de cette aptitude splendide entre toutes qui en induit une autre également utile, le sens de la situation, la sensibilité quasi météorologique, et ces dispositions, Debbie les possède, augmentées de ce qu'il faut de prudence et d'humour pour s'épargner d'être de tous les coups, comme un âne, comme un bleu, comme une gosse naïve, pour s'épargner de mourir aux premiers feux de la bataille.

Le programme, donc. Prendre une piaule dans le Lower East Side, quartier de St Mark's Place, trouver un travail qui autorise un loyer. Payer de sa personne : Bunny Girl dans un bar Playboy, servir des triples whiskys un pompon rose cousu sur le derrière, endurer les tripotages et la concupiscence, empocher ses dollars cash et rentrer chez soi en pressant le pas sur le bitume, col du manteau relevé, yeux ouverts sur le prochain carrefour, la suite des événements : la parade nocturne. Chercher des informations. Trouver les lieux où ça se passe. Le Max's Kansas City est le club du moment, la faune déjantée de la scène new-yorkaise y gravite, on y passe la journée, on apporte son café, c'est un repaire de pauvres où s'allongent les ardoises. Des garçons, des garçons, et tellement jeunes, toujours très peu de filles. S'y faire connaître, choisir le bar, endroit stratégique, lieu de passage, nasse à désirs, guichet de visages. Faire d'une pierre deux coups, devenir serveuse derrière le comptoir et chanteuse dans la salle ; plus tard, répéter l'opération au White's Bar. Parler à tout le monde. Avoir du flair. Avoir toujours une oreille qui traîne. L'autre serveuse du White's Bar s'appelle Anya Phillips, une égérie, une fille qui habite la nuit rock de Downtown, drôle, sarcastique, elle sait qui est qui, n'a pas froid aux yeux, et provocante, stylée comme une déesse, elle sait coudre des robes – elle saura concevoir des tenues de scène. Avoir une amie. Savoir se placer. Être choriste dans un combo folk, et même, enregistrer un disque. Avoir vingt-cinq ans, le temps file, passer aux choses sérieuses. Fonder son groupe, les Stillettos, soit trois filles au chant, un garçon à la batterie, un autre à la basse, jouer à la Boburn Tavern sur la 28th Street. Rencontrer des gens. Rencontrer Tommy Ramone. Rencontrer Roberta Bailey. Rencontrer Chris Stein. Tomber amoureuse. L'introduire dans le groupe. Se mettre au boulot de plus belle. Infiltrer les réseaux. Pénétrer le milieu. Une fille des Stillettos s'appelle Elda Gentile, elle sort avec Richard Hell le bassiste de Television, héros culte d'un groupe déjà culte, le type incontournable. Au CBGB's, Hell est chez lui, il invite qui il veut, il invite les Stillettos, il fait le geste. Se concentrer. Bar louche du Bowery, le CBGB's est un temple, *the place to be*, un label qui intronise, un nom qui adoube. Franchir l'auvent festonné, marcher trois mètres sous le passage crépi de plâtre blanc, grumeleux, sale, et passer la double porte noire en retrait du trottoir, punaisée d'affichettes proclamant les élus. Une fois dans les lieux, tenir le rythme, tenir son rang, ne pas mollir. Supériorité numérique écrasante des garçons dans la salle, les filles que l'on croise ont oublié qu'elles l'étaient, s'exhibent en phénomènes ayant opté pour l'étrangeté ou l'outrance qui surclasse, ne pas se laisser impressionner, garder la robe blanche, conserver les talons. Être ce qu'on veut. Si les Stillettos se séparent, fonder Angel and the Snake, si ceux-là ne fonctionnent plus, dégainer Blondie, si les deux choristes blondes disparaissent, opter pour Blondie and the Banzai Babies. Ne pas se laisser démonter. De même, faire tourner les musiciens : si Billy O'Connor décide de tout lâcher pour changer de vie, choisir Clem Burke, si Fred Smith quitte Blondie pour Television, faire signe à Gary Valentine, quand Gary Valentine partira à son tour, appeler Frank Infante à la guitare, Jimmy Destri aux claviers, Nigel Harrison à la basse, et ainsi de suite, et ainsi de suite, retomber sur ses pattes, conserver l'énergie, alimenter la flamme, étoffer le groupe, consolider l'affaire. Choisir Blondie, définitivement. Travailler dur. Jouer toutes les semaines au CBGB's, sept mois durant. Prendre un loft sur le Bowery, vivre en bande, travailler en s'aimant, répéter, préparer les tournées, le groupe contient le couple. Sortir de ses coordonnées personnelles, regarder ce qui se fait autour de soi, frapper chez les voisins, la curiosité c'est le nerf de la guerre, justement le type d'à côté est designer et se nomme Stephen Prouse, il s'intéresse à Debbie, imagine pour elle ses tenues les plus stylées, façonne son image d'icône blonde *glitter*. Plus tard, prendre avec Chris un petit studio sur la 17th, ou plus tard encore sur la 7th Avenue, s'aimer en travaillant, répéter, préparer les tournées, le couple contient le groupe – la chambre est un salon, le salon un studio, on y trouve deux guitares, une six cordes, une basse Fender, des bandes de magnéto au sol et, dans un coin, la statue de la bonne sœur achetée dix dollars et qui faisait si peur à Dee Dee et Joey Ramone qu'ils lui donnaient des coups de couteau à chaque fois qu'ils passaient devant, quand ils vivaient là. Parce qu'ils ont vécu là, parce qu'ils se connaissent tous, parce que c'est un petit milieu, une poignée d'individus mais ce qu'ils émettent est si puissant que l'on pense qu'ils sont des milliers. Même phénomène que le soleil. ἀναφαίνεται ὁ ἥλιος… Avoir trente et un ans, peut-être trente-deux, être jeune mais plus tant, et déjà vieille pour un premier vrai album – les garçons et les filles du rock sont alors fatigués, cramés, séparés, c'est un âge que nombre d'entre eux n'atteindront jamais. Enregistrer *Plastic Letters* en 1977. Être respecté maintenant. Avoir le vent en poupe. Entrer dans la tourmente. Faire feu de tout bois. Partir en tournées, premières parties d'Iggy, de Bowie, déconner dans les aéroports, dormir dans les cars, mais demeurer lucide, tourner c'est du travail, c'est un emploi du temps : s'endormir à trois ou quatre heures, au mieux, le lendemain émerger à quatorze, petit déjeuner, douche, il faut déjà penser aux balances de seize heures, puis rentrer à l'hôtel, deux heures à soi pas plus, il est maintenant temps de repartir au concert et faire attention à tout, à tout, au son, au public, aux groupies et à l'exacte formule chimique de la dope que le *roadie* aura dégotée. Être ce qu'on veut, être n'importe quoi, occuper le terrain. Faire attention. Faire très attention. Zapper les fâcheux – l'idole rock camée qui rote sa bière à cinq heures du matin, gémit, qu'est-ce que je fais là, putain qu'est-ce que je fais de ma vie, larmes, morve, ma chemise est déchirée, j'entends plus ma guitare, le monde est un gâchis, l'Amérique une salope, le fascisme nous guette, mais ne cherche au fond qu'un plan pour la nuit, un lot de consolation pour narcissisme en manque, et s'en retourne aux chiottes la seringue dans une poche, la petite cuiller dans l'autre ; la groupie estampillée cool, cool de faire n'importe quoi, cool de porter collier de chien et de se faire baiser par tous les trous sans renâcler, cool de tailler des pipes pour quelques dollars afin d'acheter elle-même la dope pour sa rock-star du jour, et guigne chaque soir une prise plus terrible encore que la précédente, un chanteur à chérir plus extravagant et qui rédimerait d'un coup son enfance ringarde au fond de l'Ohio, les crachats des *rednecks* sur son ami cheveux longs, sur son corps minijupe et sa tignasse décolorée, sur la cigarette blonde dans sa bouche de quinze ans ; le requin du label flatté d'être de la fête, encanaillé destroy, fasciné par ce monde clos, explosif comme une bombe et suintant la déglingue, et deale à tour de bras, de la coke par kilo dans des paquets de farine, arrose, arrose, il veut maquer l'histoire ; la paumée romantique, spécialisée rocker, blackboulée de l'un à l'autre, partagée entre tous, nuit après nuit tapisbrossée dans de la mauvaise baise, et qui toujours raconte, raconte, disposée au rachat des âmes rock perdues au fond des urinoirs, sacerdoce du cul pour relever poète, sauveuse impénitente – esquiver les chausse-trappes, sachets de colle à deux dollars, sachets de trichlo, de dissolvant, sachets de gaz de crème fouettée, sachets de coke et d'héroïne, sachets de pilules amphétamines, sachets de merde en tout genre. Protéger son corps. Être ce qu'on veut. Être comme on veut. Mélanger les genres, mélanger les musiques. S'amuser. S'amuser – on est jeune, on s'amuse, c'est tout, c'est aussi simple que cela. S'amuser. Jouer dans un roman-photo potache et délirant pour le magazine Punk, *Mutant Monster Beach Party*, y faire l'héroïne, la jeune fille de l'histoire, l'amoureuse romantique, prendre des poses sur la plage, moue boudeuse lunettes noires, Chris Stein sera le père et Joey Ramone l'amant, croiser des monstres verts, des surfeurs, des extraterrestres et des motards, croiser Andy Warhol venu se dérider, croiser Lester Bangs, et John Cale, s'immerger dans la fantaisie collective. Jouer avec son *look*. Mélanger le surplus américain, les fripes de la 14th et l'inspiration des copines. Un jean rose et un béret rose, une combinaison moulante à fermeture Éclair, une robe zèbre asymétrique, une minirobe fuchsia à multiples bretelles, les tee-shirts les plus géniaux du moment et toujours des talons aiguilles. Choisir le monochrome pour la scène. Être toujours dehors, vouloir décorer sa maison. Dormir le jour, sortir la nuit. Aller et venir du Max's Kansas City au CBGB's et du CBGB's au Max's Kansas City, migrations pendulaires au gré des groupes qui jouent dans l'un ou l'autre lieu, toute la nuit durant, sur quelques blocks à peine conduire sa Camaro, enfourner les amis dans la voiture avec soi, chanter, rire, gueuler dans l'habitacle, toutes vitres baissées jambes et bras au-dehors comme autant de tentacules, comme la pieuvre que l'on est – un centre et des centaines d'extrémités, un foyer et des centaines de flammes – faire des batailles de boules de neige, déraper dans les virages. La vie montagnes russes. Garder le cœur bien accroché. Tenir la main des copines, ne pas se priver de leur peau, de leur pragmatisme, de leurs rigolades, de leurs complicités nocturnes, de leur solidarité, ne pas se priver bêtement de leur douceur.

Être comme on veut. Blonde et brune, ronde et fine, déchaînée, popote, romantique, ambitieuse, tout à la fois. Tourner des essais pour faire du cinéma, en faire, inviter chez soi un rédacteur du *Melody Maker* et récurer la baignoire – Debbie penche la tête dans la vasque, place sa bouche contre la paroi émaillée pour entendre le bruit qu'elle fait quand elle inspire avant d'attaquer la phrase, les poumons emplis d'air en une seule lampée, l'abdomen bloqué, la langue encore sèche, le larynx ventilé à la perfection, elle vocalise maintenant tête en bas dans la cuve une éponge à la main. Gueuler contre Chris qui ne veut pas se lever en piquant d'une fourchette la cuisse du canard à peau dorée miam miam. Faire cuire un potiron dans une casserole de lait, servir chaud, servir froid, ne rien servir finalement mais aller prendre une douche. Être en chair et en os. Donner un cours de pogo à TV Party. Être ce qu'on veut. Vouloir palper du dol, la couleur de l'argent, ne plus vivre comme des pauvres puisque l'on est filon, chair à tournée mondiale, pourvoyeur de tubes, puisque l'on étincelle sur les écrans du monde. Puisque l'on est des stars. À l'intérieur du groupe, affronter le pouvoir, se frotter aux questions qui s'imposent, se frotter aux questions de fric et d'organisation, ne pas abandonner ces territoires virils pour être la mignonne fofolle qui a la tête ailleurs, prendre part aux conflits, braver la violence. Travailler. Au-dehors, se donner en puissance, sentir le vent qui tourne, sentir que le disco va déferler sur la planète, ne pas en faire tout un plat, être opportuniste, un peu pute, s'écarter du sacré, balancer la mystique, infléchir sa course. Savoir ce que l'on veut, savoir vendre une chanson, savoir se vendre. Rester en bonne santé. Choisir de durer. Ne pas inscrire son nom au chant des morts, ne pas venir flatter la martyrologie du rock, mais, prosaïques, choisir de survivre. Là est le programme. Dans la foulée, enregistrer *Parallel Lines.*

HANGING ON THE TELEPHONE, 2.22
Blondie, *Parallel Lines*

Chaque jour devrait débouler comme un disque de Blondie, comme un des premiers morceaux de *Parallel Lines*, c'est ce que je me dis en dévalant la rue qui descend vers le boulevard maritime, pour attraper le bus numéro 1 qui me rapprochera du lycée Porte-Océane, chaque aube devrait sonner comme ça, simple, claire, ouverte, tendue comme un arc, pour se ruer à toute vitesse vers le dehors, battre comme un cœur s'emballant pour la première fois, le pouls dans l'artère, le galop du poulain échappé, un concentré d'adrénaline et d'énergie pure. Les feuilles mortes froufroutent sous mes chaussures, octobre brou de noix lardé de bronze, c'est un automne faste qui s'ouvre, j'en suis sûre, tout le laisse entendre, le port de béton se réchauffe et, autour de lui, son fleuve, son rivage, et de loin en loin, tout bruite et sonne, appelle. *Hang up and run to me, hang up and run to me.* C'est cela, raccroche, raccroche, laisse tomber ce qui brinquebale, ce qui boite et empêche, dépose ton enfance, heureuse ou non, tout cela pèse un âne mort, déjoue le mal-être adolescent, ton corps explose, fais de la place, affranchis-toi, *run to me*, voilà ton cri de ralliement, *run to me*, il n'y a pas autre chose à faire, je marche comme une marathonienne, je fais la course avec les voitures qui se suivent en file indienne le long de la plage, je cours car soudain, quelque chose me presse, le présent me presse, oui, tout va très vite, le temps accélère, il mute, il ne s'écoule plus dans un sens mais explose en trois dimensions, c'est un continuum brillant de présents, de « maintenant », de « tout de suite », de « c'est là ». Nous changeons de focale, des blocs de sensations inédites saturent nos gestes tout autant qu'ils font luire notre peau, creusent nos cages thoraciques et activent nos têtes. Nous avons plongé dans les rapides.

Blondie est devenu notre groupe, nous avons une adresse, nous nous sommes placées – c'est déjà une victoire. Lise a fait le pari qu'elle saurait chanter *Hanging On The Telephone* à la vitesse de Debbie, s'y s'entraîne dès qu'elle est seule – comique à voir quand sa grande bouche se débat pour débiter *I'm in the phone booth, it's the one across the hall, if you don't answer, I'll just ring it off the wall*, les premières syllabes chantées fort et sans faillir, sans trébucher, les finales écrabouillées en marmelade sonore et inarticulée –, Nina passe ses traductions au *polish*, je demande à mon frère de me montrer des accords sur sa guitare puis j'essaie à mon tour, quand la maison est vide et silencieuse – et même, si la lumière du ciel filtrée par la fenêtre m'y incline, et si je me trouve belle ce jour-là, je passe une minijupe en jean, ébouriffe mes cheveux, maquille ma bouche de pâte magenta, ombre mes paupières de fard, et, impressionnée aussitôt par cette figure grimée reflétée dans le miroir, fascinée par cette apparence neuve, ce visage qui est le mien, je descends dans la grande pièce du bas, allume la chaîne et hausse le volume, vais me poster devant le miroir de l'armoire. Jeu de jambes, je donne la scène, je suis alors une autre Debbie, une autre fille libre.

Il est question d'un effet de sillage, il est palpable, je le mesure. La puissance d'un courant où l'on se laisse aller, la profondeur d'une trace sur laquelle on avance – plus on progresse et plus la vitesse augmente. En nous emparant de *Parallel Lines*, nous avons opté pour un disque qui nous conduit illico vers un autre album, puis vers un autre groupe, puis un autre et encore un autre et ainsi de suite, de prise en prise, de loin en loin, du Velvet aux New York Dolls, de Television au Patti Smith Group, de Lou à Iggy, des Heartbreakers à Talkings Heads, hop, hop hop, nous sommes empiriques comme des marins, accrocheuses comme du lierre, polymorphes comme des éponges et bientôt, nous voilà introduites au seuil d'un espace dont nous n'avions pas mesuré l'immensité brûlante, la profusion torrentielle, le multiple qui étourdit. Nous y pénétrons sans carte et sans plan, en suivant le bruit et la lumière, en suivant les garçons – pourquoi, comment, on le dira – mais avec Blondie pour poisson-pilote, Blondie qui nous dispense d'être des fans monotâches, prosternées devant l'idole et devant elle exclusivement, Blondie dont l'ombre portée révèle une généalogie et pointe une descendance, Blondie qui ne fait qu'élargir, à partir de lui, notre champ d'action. Or il y a tant à faire : nous partons de si loin.

Puisque nous méconnaissons tant et qu'il n'est aucune *tabula rasa* qui vaille la peine. Puisque nous sommes prises en tenaille entre la discothèque parentale – grande chanson française (Piaf, Ferrat, Brel, Brassens, Ferré), valeurs sûres des sixties (Jerry Lee Lewis, Dylan, Joan Baez la belle préférée de mon père) – et la variété post yé-yé débitée par les quatre radios nationales, *playlist* des boums chantée à tue-tête, culte du 45 tours, et culte du hit. Puisque, vu depuis nos perchoirs quotidiens, le rock se partage alors en deux territoires distincts, Beatles *versus* Stones, découpe grossière sur quoi plane la voix d'Elvis, triptyque sommaire auquel s'agglomèrent, piochés çà et là, AC/DC, Kiss – ceux-là chez Bruno, le frère aîné de Nina, un garçon effacé, roux et maigre qui avait peint à l'aérographe une tête de mort au dos de son casque de mobylette –, Little Bob Story, les Dogs – ceux-là chez Sylvain, le demi-frère de Lise. Puisque nous nageons dans la confusion. Inaptes à mettre un nom sur un morceau, un visage sur un refrain, nous convergeons vers le flot bouillant et anonyme où frisent et coagulent des dizaines de bandes magnétiques aux reflets mordorés. Puisque nous ne comprenons rien – nous n'avons pas le temps.

Puisque le rock passe par les garçons – là est le sens du jeu et le fin mot de l'histoire, là se glisse en nos mains inexpertes le fameux ticket d'or. Il requiert donc de marcher vers lui pour les trouver eux et inversement, simple question de commutativité tactique pour nous qui ne voulons pas rester entre filles et avons compris que jamais aucun de ceux qui nous intéressent ne viendrait s'asseoir avec nous qui chantons sur Starmania que le monde est stone, jamais –

tandis que les autres, oui, et ceux-là nous masseraient les épaules, nous proposeraient du thé à la mûre et des biscuits d'automne, sans risquer un seul geste, pas même un coup d'œil sur nos genoux de vibrante douceur, pas même une main furtive sur nos fesses rebondies, pas même une bascule de la tête, une avancée de bouche, dix ou douze centimètres, ce plongeon capital induit par tout baiser, alors nous finirions par leur saisir la tête, à ceux-là, de nos deux mains plaquées sur leurs tempes palpitantes, et les ramènerions vers nous, tendrement, bientôt nez à nez, puis, bouche à bouche, nous irions le chercher, ce baiser – de sorte que nous devons changer de chanson et nous déplacer. Nous pestons, enflons de colère mais agissons en ce sens ; le rock passe par les garçons parce que ce qui est marrant et libre siège encore de leur côté. Il passe d'abord par les grands frères, simple question de géographie quotidienne. Ceux-là occupent une place qui nous est favorable : habitant dans la chambre d'à côté, nous entendons ce qu'ils écoutent à travers la cloison, grain sourd commué en ébruitement formidable quand ils entrouvrent la porte. Surtout, ils ont des copains qui viennent chez nous, auxquels nous voulons plaire, et qu'ils nous draguent sinon qu'ils nous remarquent. Il passe par les garçons du lycée, par les pions, par les cousins de nos âges, ou les oncles plus jeunes – quand il y en a –, par ceux de la radio, par les disquaires. La musique fraye dans leur bouche, transite entre leurs mains avant de parvenir dans les nôtres, de nous monter à la tête, de traverser nos corps, furet du bois-messieurs, furet du bois-mesdames, il court, il court, plus vite que la musique. Ce sont eux qui détiennent les clés. Quelques faits avérés l'attestent à l'avant de quoi se poste, haut sur la crête, le type aux cheveux longs qui conduisait la R16 pistache, ce dimanche de pluie brûlante, rappelez-vous. L'été de ses quinze ans, Nina a connu Bowie *via* les bras d'un petit ami myope déjà étudiant qui pilotait une Coccinelle et lui avait roulé d'amoureuses pelles sur *Rock'n Roll Suicide* – une pleine fusion mélancolique –, Bowie sur les métamorphoses duquel elle planchait ferme, saisissant toutes les occasions, parmi lesquelles le cours d'anglais, pour détailler à nos cervelles étanches la teneur géniale de son romantisme déchiqueté – celui-là, je ne supporte pas sa gueule me murmurait Lise penchée sur les damiers qu'elle coloriait sur ses copies, il a un sourire de hyène, un regard de serial killer, il se teint les cheveux : on ne sait pas ce que c'est ; ainsi Lise avait été initiée à Neil Young quand elle sortait avec Fred : dès qu'ils étaient seuls, il se saisissait de sa guitare pour jouer *Cow Girl in the Sand*, chantée yaourt, une affaire de dix minutes, Lise avait fini par jeter l'éponge, lassée, aurait préféré qu'il l'embrasse un peu plus mais était repartie avec *Harvest* dans la poche ; j'avais croisé Frank dans la chambre de mon frère, *Never Mind the Bollocks* exhibé du fond d'une sacoche cradingue, objet gorgé de vice passé sous le manteau, Frank, cuir trop court, lunettes noires et peau grêlée qui ricanait – le même ricanement que Johnny Rotten, il devait le travailler avec méthode comme le ténor ses vocalises – faudra que j'explique à ta frangine qu'il n'y a que les Sex Pistols, c'est ce qu'il dégoisait d'une voix de fausset, puis il avait fini par disparaître, avait posté à mon frère la cassette de l'album dans une enveloppe kraft barrée d'un *fuck* inscrit au feutre rouge – tête de ma mère.

Puisque nous avons peur – nous ne nous racontons pas d'histoires : nées de la dernière pluie, nous sommes en état d'alerte permanent. De ce côté-ci, on dit que c'est sombre et chatoyant, peuplé de jeunes types rageurs et goguenards, de junkies romantiques, de dandys trash, de crétins, de petites frappes frustes et électriques, d'abominables petits poseurs bidons, de chiens fous, de macs qui sniffent la bonne pioche et se pourlèchent les babines devant cette jeunesse qui ne respecte rien, irrévérencieuse, jusqu'au-boutiste, tellement vivante, par là ça chante sans voix et sans solfège, à toute allure, des trucs binaires ultra-primaires, par là ça sent la sueur et l'animal, la drogue, l'alcool, la violence et le sexe, par là ça se fout du monde mais ça s'y plante au milieu pour le faire savoir. Une mythologie gonflée de bière qui reconduit la toute-puissance virile des jeunes mâles et encolle nos doigts tel un sparadrap indifférent aux secousses. Ce n'est pas la petite maison dans la prairie, pas un endroit pour fifilles, on est prévenues, on en rigole. À l'automne 1978, nous pénétrons la terre rock *via* le canyon Blondie avec la fébrilité naïve d'un orpailleur tamisant les rapides. Quinze ans ai-je dit, bientôt seize, il est temps.

ROOM FOR THE LIFE, 3.05
Kate Bush, *The Kick Inside*

Nous allons partir à New York. C'est décidé. L'été prochain, on ira. C'est notre grand projet. Nous sommes d'accord. Nous voulons l'Amérique, New York, Manhattan. La folie des grandeurs. L'idée d'une virée à Londres, dégainée par souci de réalisme économique – New York trop loin, trop cher, trop grand –, aura vécu le temps d'une cigarette défaitiste : qu'aurions-nous fait à Londres quand Debbie est à New York ?

Ce mercredi, nous nous sommes mises à trois pour faire coulisser la porte du hangar à bateaux, avons saisi la yole sur son rail en respectant la marche à suivre, traversé le quai l'une derrière l'autre, le bateau retourné sur nos trois têtes, maintenu en casque au-dessus de nos six yeux. La brume est tombée en nappe sur le bassin et nos bouches vaporisent des nuages qui s'effilochent et s'y agrègent délicatement. Il fait un froid de gueux. Bientôt novembre. Nous embarquons à tour de rôle, prenons place dans les sièges coulissants – Lise à l'avant, Nina au milieu, je m'assieds à l'arrière. Je remonte la fermeture Éclair de ma veste de survêtement, rabats ma capuche. Devant moi, Nina a dressé sa tignasse en une cathédrale de rubans et enfile ses mitaines, Lise resserre sa queue-de-cheval. Nous nous écartons du quai et nous éloignons sur le bassin. La monitrice suit en Zodiac, bientôt ralentit et vient se coller à notre coque. Quand elle nous parle, elle se dresse debout jambes écartées dans le canot, garde une main sur la barre du moteur tandis que l'autre forme cornet porte-voix devant ses dents parfaites. Aujourd'hui, le temps est calme et la mer d'huile, si bien que les consignes rebondissent à la surface des eaux comme paquets de muscles sur tatami. L'objet du cours, le seul, est d'enseigner l'exécution du geste du rameur. Aussi toute sortie, qu'il pleuve ou qu'il vente, débute-t-elle par un long rappel théorique censé nous remettre les idées en place. Le coup de l'aviron est le geste technique par excellence. Il faut garder cela en tête. Si vous êtes fortes techniquement, vous battrez des équipes plus fortes physiquement – à cet instant, Nina, dont les bras sont épais comme des allumettes, opine du chef en se pinçant les biscoteaux, yes. Je rappelle, le professeur articule, phase un, pelles en appui dans l'eau, jambes en extension, ramener les bras vers le buste, c'est la propulsion ; phase deux, pelles hors de l'eau, jambes repliées, étendre les bras et le torse pour revenir à la phase un, c'est le retour de rame – et disant cela, il arrive que la grande femme lâche la barre de son canot, son bras dans l'atmosphère opérant le geste à vide mais sans économie, au risque de la déséquilibrer. Entre les deux phases, elle poursuit, on s'entraînera à des transitions souples et rapides, on peaufinera les attaques – précises, les attaques, d'une précision diabolique, les pelles doivent venir prendre appui sur l'eau sans pour autant ralentir la coque, c'est là que réside la difficulté du mouvement, il s'agit de travailler un toucher tout en finesse afin de démultiplier l'impact du contact. Opérer tantôt en douceur, tantôt en force. La clé de la vitesse, c'est la fluidité. Allez hop, on y va. Nous y allons, glissons doucement le long du grand mur de la digue cloqué de mousse émeraude jusqu'à hauteur des marées les plus fortes, le remontons vers l'embouchure du port, carburons bientôt à bonne vitesse. Deux, deux. Nous sommes trois filles microscopiques dans une embarcation de bois verni, la mer est très ouverte soudain, opaque, un thé au lait renversé sous un ciel hydrophile. Depuis son Zodiac, la monitrice nous fait signe de continuer, de franchir la passe. Nina déclare j'ai peur. Nous sortons du port. Pas un seul bateau sur rade, quelques mouettes désespèrent, nous poursuivons vers l'Ouest. Deux, deux. C'est merveilleux, notre sillage est une droite. Nous filons au ras de la surface comme la frégate en chasse. À ce train-là, dans trois jours, on touche Manhattan, Lise se marre. Comment on ferait pour aller là-bas ? Nina réfléchit à voix haute, avec quel argent ? Je lui réponds que l'on pourrait déjà se trouver un boulot le week-end. Deux, deux. L'argent, on s'en fout, j'en ai, moi, de l'argent. Disant cela Lise accélère un poil, de sorte qu'elle rompt la cadence – un quart de seconde de vitesse en gain, un quart de seconde de décalage –, aussitôt nos rames s'entrechoquent, la coque roule, Nina hurle. Pelles hors de l'eau ! La voix de la monitrice gueule à la poupe, recouvrant le bruit du canot pneumatique qui fonce sur nous, rebondissant sur la mer. On lève les rames. On attend. Vous n'êtes pas encore prêtes pour sortir du bassin, mesdemoiselles. Nous regagnons le port, l'horizon dans le dos.

Nous ne sommes pas encore assez techniques, conclut Lise, à moitié nue et la peau très rouge dans le vestiaire glacé, une heure plus tard, pas encore assez, mais ça viendra. Je m'étrangle dans l'encolure de mon pull tu ne sais pas contrôler ta vitesse, tu accélères bêtement, sans même t'en rendre compte, tu as cassé le rythme. Je fulmine, elle s'oppose. J'en ai marre qu'on se traîne – bouche en cul-de-poule de Lise, regard de marbre – j'en ai marre tu m'entends ? j'ai chaud, j'ai froid, j'ai peur gna gna gna, des gamines on dirait, elle enfile son jean et se lance dans une superposition de tee-shirts. Nina, qui n'avait plus pipé mot depuis son hurlement, choisit pile cet instant pour déclarer, alors qu'elle nouait autour de son cou une cape en panne de velours dévoré tourterelle : Little Italy, j'ai de la famille dans Little Italy. Dans les vestiaires, sa voix claire ricoche d'un mur à l'autre comme une boule de flipper, s'immobilise sous l'ampoule nue pendue au plafond. Sept secondes durant lesquelles Nina Canavaro a sorti de sa poche un poudrier comme on dégaine un colt, et commencé de se farder à la lueur du plafonnier, écrasant avec soin la mine du crayon sur le contour de ses globes oculaires, par-dessous la paupière. Je l'entends qui chantonne à mi-voix j'ai chaud, j'ai froid, j'ai peur gna gna gna, mais moi, j'ai surtout de la famille dans Little Italy, New York City. Lise et moi sommes retombées comme des sacs sur le banc du vestiaire. Vas-y, raconte, ai-je dit quand Lise, étranglée de stupéfaction, ne peut bouger sa mâchoire.

C'était plausible. Nina Canavaro, crevette ritale de la troisième génération en réflexion constante sous un empilage baroque de frusques à trou-trous multibadgés, n'avait rien dans les bras mais une grand-tante à New York, et toute une tripotée d'oncles, de cousins, des issus de germains, précisa-t-elle en traçant son arbre généalogique un doigt tendu dans l'air. Mme Canavaro leur poste chaque année une carte à Noël. Ah, et your taylor is rich ?, Lise s'informe, il nous passerait son appart' j'imagine ? Il faut voir, Nina répond d'une voix dégagée, une auréole de lumières électriques clignote autour de sa tête, la cathédrale de cheveux noirs pointe comme l'Empire State Building. Je zippe mon sac de sport et balance la bandoulière sur mon épaule brûlante. Les contours d'un voyage à New York se précisent.

ROADRUNNER, 4.07

The Modern Lovers

J'ai revu Pierre aujourd'hui. Rendez-vous au Bar du Port, après les cours, c'est ce qu'il me déclare d'un ton direct, m'interceptant au sortir de la salle de biologie alors que lui-même y entre de son pas de lieutenant – mes doigts sentent l'éther, ma blouse blanche est maculée de taches d'encre et autres traces de précipités complexes : je viens de manipuler des tubes à essai et d'inscrire des mesures dans des tableaux après observation, je viens de décrire des phénomènes objectifs en usant de mots présélectionnés mis à ma disposition, et ce bain de science, même si bref et parcellaire, me gaine d'un positivisme stoïque et altier si bien que, sereine et concentrée, j'écoute Pierre me dire j'ai quelque chose à te proposer, faut qu'on discute. Je prononce un d'accord dégagé et m'éloigne sans question, un silence calibré camarade planant dans le couloir.

Après-midi mine de rien. Bar quelconque, brun chamois, huileux, sommeillant de cet ennui visqueux qui entrave les gestes, comptoir barbelé de fanions crasseux à la gloire du HAC doyen des clubs de France, quelques hommes isolés à l'abdomen en boule ploient devant leur verre le cou bientôt soumis à leur colonne en chute, une table de billard attend que le soir tombe. J'entre, Pierre est là, un Coca pétille, il a conservé son blouson et sa jambe gauche vibre sous la table un tempo accéléré décrochant de la torpeur du lieu. Salutations brèves, un Coca à mon tour, je pose sur la table mes cigarettes blondes et m'assieds face à lui qui me tend maintenant un document format A4, quatre pages ronéotypées. Je lis le titre tracé au feutre dans une typographie de feu, *Niagara Rock*, c'est le nom du fanzine précise-t-il, pas fameux mais passons – main agitée pour créer courant d'air. Il est question d'un prochain numéro sur les filles et le rock, un texte sur Blondie intéresserait, c'est ce que je comprends de l'affaire. J'en parlerai à mes comparses, à Nina et à Lise, on verra cela ensemble, je m'avance prudente. Il sourit, réplique d'accord, trois filles c'est mieux qu'une seule, mais il nous faut un texte, il fait le malin, yeux ailleurs, frontalité pudique, et puis le temps s'étire. C'est un autre café, à l'écart du lycée, nous n'y avons pas de repères, peu de possibilités de décalage, de blagues réflexes, peu d'accroches propres à revitaliser le dialogue si bien que, autre salle, autres sons, c'est aussi un autre climat qui imprègne la salle, nous y sommes au secret, soustraits aux yeux des autres, l'un en face de l'autre. Quand le battant de la porte s'ouvre, la pièce s'emplit de vapeurs iodées, de stratus échancrés pour peintre impressionniste, de cliquètements de drisses, d'effluves pétrolifères et de sirènes, du clapot de la mer contre les coques des voiliers au mouillage dans le port de plaisance, de moteurs de voitures, du braillement d'enfants ceinturés au fond de leur poussette, de shoots, de soupirs de toutes sortes, bruitage matériel sur quoi viennent se poser nos plus petits mouvements. Nous sommes là. Une table et deux mains prolongées par deux longues cigarettes vont et viennent au-dessus d'un cendrier tandis que deux autres mains saisissent et déposent des verres fouettés de bulles. La nature est là, proche, qui caresse nos chevilles, frotte nos oreilles, chorégraphie nos gestes, distille son goutte-à-goutte de « peut-être », de « encore », on traîne maintenant, les mégots s'éteignent, les gorgées de liquide s'écoulent, de plus en plus lentes dans nos gorges sitôt sèches. Viens, je vais t'emmener quelque part, Pierre coupe court à ce silence qui se dilate, se lève de table, nous payons l'addition, puis, geste de cérémonie, si mademoiselle veut bien me suivre ! Une fois dehors, nous marchons côte à côte, sur deux lignes fictives, parallèles écartées d'un bon mètre, prenons à l'est vers l'intérieur de la ville, passons d'un bloc à l'autre suivant une ligne brisée, zigzags géométriques de module en module, lesquels nous conduisent rue du Maréchal-Gallieni, devant le 70, la vitrine du Crazy Little Things – « crazy » inscrit en gros caractères, « little things » en petits – soit vingt albums exposés face au monde, quatre colonnes de cinq 33 tours dressées devant un rideau à œillets qui pendouille sur sa tringle – étalage fait maison. C'est là, Pierre passe la porte, tu connais ? Non. Intérieur de repaire, climat de trafic : obscurité – spots qui trouent la pénombre de capsules jaunes –, tabac – volutes et mégots –, son – dans les baffles : guitare, basse, et voix splendide de garçon, *roadrunner, roadrunner* –, bacs emplis d'albums par centaines, compartimentés par genres, par groupes, par affinités électives – autre géographie, donc, autre cadastre. Un type vêtu de noir s'avance vers nous du fond de la boutique, haute taille, jambes de cigogne sous velours côtelé, clope en bouche, lui aussi des lunettes, cheveux dans la figure, poignée de main avec Pierre, hochements de tête avec moi. Il est disquaire. Sur les murs, photos et affichettes témoignent – le mythique concert des Clash à Rouen le 26 avril 1977, billet «j'y étais», Polaroïd des copains qui prennent la pose dans le train puis devant la salle du Chartreux, photos du concert des Talking Heads et des Ramones au Havre l'an passé, portrait autographe de Little Bob dégoulinant de sueur, paupières closes et bouche énorme prête à enfourner le micro –, ou annoncent la prochaine soirée rock au palais des Syndicats, la salle Franklin. Je me promène le long des rayons, je regarde, j'écoute – *roadrunner, roadrunner* – je pourrais tourner sur moi-même, j'aimerais danser. On aime les Modern Lovers ? La bouche de Pierre frise dans les coins tandis qu'il essuie ses lunettes dans la doublure de son blouson, penché dans les bacs. Je fais signe que oui, ajoute, mais pourquoi modernes ? Le type-cigogne entend et rapplique aussitôt de son pas faussement raide, s'avance, sourit, ses mains baguées compulsent les bacs à une rapidité impressionnante, ceux-là, précise-t-il à mi-voix, ceux-là te rappellent que le rock est aussi une question de délicatesse, puis il s'en va hausser le son, d'autres lycéens affluent maintenant, petites ligues excitées, fouineurs solitaires, et toujours pas de fille. Pierre en connaît certains, ils parlent ensemble, la journée est finie, je signifie mon départ. Dehors, le ciel a pris des reflets de Chivas, les nuages délirent, le béton tourne mauve, une gamme chromatique absolument neuve vient majorer le nuancier pantone, la voix de l'amoureux moderne escorte mon oreille, douce et sombre, râpeuse, vive et heurtée comme une douce boxe, *I'm in love with modern moonlight*, les filles m'attendent.

STRANGE PHENOMENA, 2.58
Kate Bush, *The Kick Inside*

Le lendemain encore – le temps se ramasse sur lui-même, les jours sont comprimés, rétrécis, des canons bourrés jusqu'à la gueule – il est sept heures du matin quand je croise mon père de retour d'une sortie en mer, un trois cent mille tonnes venu à Antifer dégorger son pétrole arabe. Bonnet de laine, VHF en bandoulière sur veste de mer, il a posé deux cartouches de cigarettes nigérianes sur la table, tu n'y touches pas, il me prévient sans même me regarder, la tête perdue dans le réfrigérateur, puis attrape une tranche de jambon qu'il froisse entre ses doigts, l'avale en un seul clapet de mâchoire, saisit une bouteille de lait qu'il boit au goulot debout, l'œil gris fixé sur moi, jusqu'à ce que sa main vienne par le revers essuyer sa bouche et son menton. Tu te coifferas avant de sortir. Je ne réponds rien, je suis coiffée. Revenant vers le seuil de la porte, il me frôle, passe une main chaude sur mon crâne, contourne les sacs de vêtements que ma mère a collectés dans toute la maison pour les *boat people*, maugrée contre ce merdier, ajoute dans un souffle j'y vais, faut que je dorme un peu. J'ai répondu salut ! d'une voix claire. Je l'écoute maintenant qui monte se coucher roulé en boule tout habillé, je l'imagine, la veste plastifiée crissant à chaque mouvement, les ongles noirs, l'haleine chargée d'irish coffee et de cigarettes bon marché, le cœur vulnérable. J'attends, je fais griller du pain. Ma mère apparaîtra dans un instant, en déshabillé volanté à fleurettes, la douceur impériale, la minivague crénelée et les cils nus, je ne veux pas que tu traînes après les cours. Elle a trente-neuf ans. Elle écoute les Beatles en fabriquant des patrons de couture, elle les a toujours écoutés, dit que ce sont des génies. Elle y entend la beauté des harmonies, la pureté des mélodies, l'originalité des arrangements, toutes choses qui la rassurent sur la teneur du monde, sur le potentiel de création, de paix et de réconciliation qu'il contient, ce sont bien là des musiciens qui jouent de la musique. Elle a fait promettre à mon père de passer *Let It Be* à son enterrement. Quand elle frappe à la porte de ma chambre – parce que oui, elle frappe, deux petits coups puis elle ouvre, elle dit que je suis une adolescente et que l'on doit respecter mon intimité, elle demande à mon père de faire de même mais le capitaine est partout chez lui et entre dans nos piaules comme le cow-boy au saloon, sans crier gare –, je cesse toute activité, suspends mes gestes en l'air et me pétrifie comme une statue, je ne peux m'en empêcher, je sais que ça la blesse, je sais qu'elle se prend de plein fouet ce retrait instinctif, mon rejet d'elle, et ensuite, j'attends qu'elle parle. Si elle me demande qu'est-ce que c'est, là, ce que tu lis, ce que tu écoutes, avec cette curiosité absolument sincère qui fait luire ses pupilles noires que j'adore, je bredouille un titre à toute vitesse sans la regarder et même je lui tourne le dos. Je ne veux pas qu'elle s'introduise davantage. L'idée que nous puissions écouter ensemble un de ces morceaux qui me mettent en branle, assises côte à côte sur le rebord de mon lit et, plus encore, l'idée que ça lui plaise et qu'elle se mette à fredonner, ou à chanter, à danser, et ce serait la fin de tout. Une situation obscène. Je serais anéantie de me savoir ainsi couvée à l'endroit même où je croyais agir seule, je détesterais. J'aurais le regard par en dessous et les membres ankylosés de la tortue fugueuse découverte sous les feuilles du bananier. Pourtant j'attends le moment où elle me rentrera dedans une bonne fois pour toutes, m'apostrophant depuis le seuil, tu crois que j'ai tout oublié, comment c'était ? Tu crois que je suis si fossile qu'aucun riff de guitare ne pourrait me donner envie de sauter en l'air, moi aussi ?

Le jour flotte encore dans la cuisine laconique gorgée de bruits et de gestes quotidiens sur quoi se répandent par la fenêtre le lait boueux du ciel et, je le sais, je l'entends, la clameur d'une mer dépareillée, paillasse kaki qui ondule avec ampleur comme un lourd tapis secoué depuis le rivage par des mains de géant. Une fois dehors, et sans même y penser, je cours, je prends de la distance, je me sépare et même, pour faire jouer une à une toutes les articulations de mon corps, j'alterne talons-fesses et genoux-poitrine.

WUTHERINGS HEIGHTS, 4.29

Kate Bush, *The Kick Inside*

J'ai su immédiatement qu'avec celui-là, rien n'irait de soi. Mais jamais je n'aurais imaginé que. Il faut raconter. C'est une autre fin d'après-midi anthracite et nous venons de sortir de cours. Nina a insisté pour que nous allions chez elle écouter un album que lui a prêté la nouvelle assistante d'anglais – vingt-trois ans, une silhouette de bouteille de Perrier en provenance directe de Londres, les jambes lourdes dans le jean noir étroit, pas de seins sur le buste haricot, rien, et blonde, filasse, les cheveux poussés jusqu'aux reins, lunettes rondes, tessiture de cumulonimbus, elle étudie le théâtre, une chance pour Nina – je lui emboîte le pas, prête à partir, mais Lise traînasse. Ce qu'elle aime maintenant, c'est s'attrouper devant les grilles, passer d'un groupe à l'autre, comme elle sait si bien le faire, avec l'aisance d'une truite remontant les courants. Elle parlera avec les quelques garçons punks qui tiennent fort la cour, sûrs de leur influence, frontaux, intransigeants, s'infiltrera dans le cercle des mélancoliques et violents adeptes de la cold, poignée d'initiés au teint blême, forts en thème tendus dont le débit accélère quand ils commentent le dernier Joy Division, blaguera avec la bande ska qui prend du poids ces temps-ci, des fêtards, eux, des buveurs patentés, et lookés à mort, la casquette à carreaux vissée en arrière du crâne, les oreilles continuellement orientées vers Londres, évitera les babas, trop vieux, trop mous, de loin les plus nombreux bien que leurs effectifs s'amenuisent année après année. L'argument de poids, Nina le lui crie alors qu'elle s'éloigne : la fille a notre âge ! Lise, qui hésitait encore, a fini par nous rattraper au pas de course. Nous avons marché toutes les trois coude à coude, formant un seul bloc, sac US serré contre le torse et chevelure soulevée à l'horizontale derrière la tête. De moins en moins de monde dans les rues à cette heure, on s'enfonce dans l'hiver. Ensuite, six étages quatre à quatre et tactactac des talons de bottes dans une cage d'escalier sonore, un appartement vide où nous filons directement dans la chambre, y balançons nos sacs, déboutonnons nos manteaux – sans toutefois les enlever, puisque l'on restera deux minutes seulement. Il fait presque noir ici. On n'allumera pas. On connaît l'endroit par cœur. Alors, Lise a dit, ok, fais voir ton truc, a balayé de son œil avide la pochette du disque sur quoi une brune minuscule faisait du trapèze devant le globe vitreux d'un gros œil psychédélique, du jaune, du rouge, de l'orange, des idéogrammes chinois : Kate Bush, *The Kick Inside*. C'est un trip bouddhique ? a-t-elle demandé, riant, un peu mauvaise, se penchant en avant jusqu'à toucher de sa tête celle de Nina qui officiait, posait donc un doigt sur ses lèvres, et souriait, sûre de son coup.

Silence. Cri sauvage dans le lointain, hurlement animal dans les sous-bois profonds ou larsens de sirènes à l'approche des falaises ? Il semble aussi qu'il y ait du vent, encore du vent. Ce sont des baleines, souffle Nina sans relever la tête, c'est le chant des baleines. Cavale du clavier maintenant, un ruissellement sombre, puis les guitares, la basse, la batterie. Nina est immobile, agenouillée sur la moquette, jupe droite en jean remontée sous les fesses, buste moulé d'un sous-pull acrylique, foulards emmêlés, nuque tendue vers le sol d'où cheveux qui pendouillent devant le visage, bouche ouverte et respiration courte, yeux écarquillés sur la chose noire, luisante et striée qui tourne, et vaguement tartignolle, disons-le franchement, figée en orante, recueillie. Je me suis affalée à côté de Lise en travers du lit, mains croisées sur le ventre ou sous la tête avec coudes en ailes de pigeon, mentons sur la poitrine et regards au plafond.

Voix. Un éclair dans le ciel de l'ouest. Un son qui électrise l'espace. Le fractionne puis le colonise. Une voix perchée, aiguë. Une voix de fille, on le sait. Mais haute à ce point c'est une blague, un culot monstre celle-là, elle a dix-huit ans ? Lise s'est redressée sur les coudes. Ne s'y attendait pas. Rien ne cille, rien ne tremble dans la voix de Kate Bush, laquelle se déploie dans la chambre, portée par la fougue des timides et l'aplomb des filles qui sortent du bois pour la première fois, décrit des boucles invraisemblables, trace des arabesques vocales insensées en une ligne qui bientôt se dilate jusqu'à devenir l'espace même. Rien de la fragilité féminine enflée pour séduire, aucun éther, aucune vapeur, c'est solide et maîtrisé, irréductible comme du caillou – c'est une pierre noire et scintillante, c'est du micka. Tour de force et leçon d'art militaire : la fille qui chante, surjouant son genre, le déjoue, utilise son point faible de sexe faible, la petite voix, le filet d'or, le bijou du pendentif sur la gorge du rossignol, et s'en sert comme d'un levier pour se propulser hors du lieu où elle était assignée, attendue. La science du judoka. Ensuite elle file, tient la note, tient le temps. Plus loin, plus ample, plus brillant, plus tendu. Diamant sur microsillons, le disque tourne, l'aiguille trace, pénètre le cœur de la mélodie et l'espace vrille autour de nous. *Saxophone Song, Strange Phenomena*. Nous sommes désorientées. Ce que c'est exactement, nous peinons à le définir. De la pop ouvragée, et brute, moderne, effilée comme une dague, l'éclat du glam répandu sur le tout – moirée comme la robe de Bowie sur la pochette de *The Man Who Sold the World*, or Kate admire Bowie, s'inspire de Marc Bolan pionnier du glam et défunt chanteur de T-Rex, exactement comme Bowie s'est inspiré de lui, toutes choses que Nina sait déjà. Le quatrième morceau écoulé, nous ne bougeons plus, Nina nous regarde avec une tête dingue où tout bouge sous la peau. Alors ? C'est fou, non ? Lise allume une Pall Mall : compliqué, c'est compliqué ton truc. Nina poursuit tu dis ça parce que c'est nouveau, c'est tellement nouveau, on n'est pas habituées. Lise reboutonne sa veste et se lève pour partir : on en reparle demain, faut que j'y aille. Et toi Marie ? Nina m'interroge, je ne bouge pas du lit. Relève à peine la tête et réponds, encore, encore, je veux tout écouter. Illumination des yeux de Nina, elle s'agenouille à nouveau auprès de la chaîne, on entend les pas de Lise s'éloigner dans le couloir.

Kite, The Man With the Child in His Eye, Wuthering Heights. Je reste étendue sur le lit de Nina, perplexe, tombée sur un os. Tenue en haleine au seuil d'un cosmos poussé comme un champignon entre les pierres du rock, comme une herbe tonique surgie dans les interstices d'un béton qui se fendille – clair de lune brouillé sur la lande cornouailleuse, passion avide où les corps bouches collées tourneboulent dans le vert des pelouses galloises, fumées berlinoises expressionnistes, rosée du matin sur les visages pâles des amoureux transis, fantômes de la mort, passions interdites, romantisme fébrile –, traversée par une musique splendide qui pourtant m'a laissée couchée. Quelque chose ne colle pas. Le disque est indansable. Je n'ai pas bougé le moindre orteil et Nina, elle, a carrément fermé les paupières. Voilà l'os. Un morceau, une chanson, pour que nous l'aimions, doit donner envie de danser, c'est la première chose que nous exigeons de lui, la condition *sine qua non* de notre ralliement – nous aurions pu inscrire cette exigence, et en ces termes impérieux, dans les statuts de notre alliance. Que l'on y mise tout son corps, que l'on s'y mette en mouvement, que l'on s'y jette, que nos jambes, nos bras nos pieds, notre front, notre colonne vertébrale, notre sexe, notre plexus solaire soient placés au centre de cette affaire physique qu'est écouter de la musique depuis la seconde où Elvis Presley se déhancha – son remuement sexuel disjonctant de sa voix de crooner : césure américaine, bascule d'une ère à l'autre –, et ne soient pas sages réceptacles à mélodies, inertes boîtes à rythmes. Que l'on y bouge ses fesses, avec joie, debout, en pleine possession de ses moyens. À plusieurs si possible. À plein. Une fête. *The proof of good music is the moving.* Celui-là non. Inchantable non plus. Trop difficile. Avec ce tranchant altier qui nous prévient je suis la fille naturelle de Mozart et des Pink Floyd, je suis le prodige, vous pourrez moquer mon timbre soprano, mon corps diaphane et dénigrer ma précocité savante, ma sophistication. Je fais ce que je veux, je chante aussi haut que je le désire, je m'impose ainsi, je suis radicale et déterminée. Je suis à tout casser. Je casse la baraque rock. Je n'ai pas de guitare.

Perplexe, je le suis aussi parce que Lise a quitté la pièce. C'est compliqué a-t-elle dit. La tournure de célébration qu'a prise cette écoute l'a passablement énervée, son absence de commentaire et la sécheresse de son départ l'accusent. Tout s'est passé comme si, par sursaut réflexe, elle se désolidarisait de l'envoûtement collectif, cette menace hideuse qui n'est jamais très loin. Lise refuse d'être envoûtée. C'est sa force, je le dis à Nina, c'est sa limite elle me rétorque quand nous en parlons une fois achevée l'écoute du *Kick*, et celui-là, il est pour moi, pile – Nina pose une main sur son ventre. Je me lève. La moisson est bonne, j'ai bien fait de rester, voilà ce que je me dis en rasant les murs dans l'air glacial jusqu'à l'arrêt du bus qui va me reconduire chez moi – où l'on ne m'aura pas attendue pour dîner, deux heures de retard, elle se fout du monde cette gosse –, mais Kate Bush, d'un coup de pied, vient d'enfoncer un coin dans notre trio. Elle y infiltre une autre figure possible, un autre modèle, un autre type d'héroïne. On sait peu de chose sur elle. Elle se tient à distance. Lointaine et menue sur le trapèze du *Kick*. Mais deux figures de proue c'est un bateau qui craque. J'accélère à toutes jambes en rentrant chez moi, remuée, *Oh it gets dark, it gets lonely.*

KITE, 2.57

Kate Bush, *The Kick Inside*

L'hiver est tombé juste le lendemain. Le ciel et la température ont chuté sur ce qui avait été un automne doré, fébrile, souple et véloce comme un fauve et, dans la cour du lycée Porte-Océane, une pluie glacée virant pelletées de sable translucide nous refoule sous le préau, agglutinés, transis, filles et garçons mêlés sans plus de partage et il y a tant de bruit qu'il faut crier pour se faire entendre. Nina est à côté de moi. Elle me tend son exemplaire des *Hauts de Hurlevent* dûment annoté dans les marges et je commence à le compulser quand nous voyons Lise coiffée d'une chapka traverser la cour du lycée au pas de charge, poussant sa mobylette dans le garage mitoyen du gymnase. Un instant plus tard, elle s'immobilise devant nous et, considérant l'accoutrement de Nina – un agencement sophistiqué de châles ajourés et d'écharpes en mohair –, siffle ça doit peser une tonne tes trucs. Nina n'entend rien ou plutôt ne répond pas. Lise piétine, prise comme nous dans la foule des élèves au rebut de la cour. Bientôt stabilisée, elle attaque – droite comme un I, la pose militaire les bras croisés sous la poitrine, les jambes écartées, le menton lourd, crispé de contrariété virant bénitier prognathe, signal de sa colère : « You're my only master », Nina, j'ai bien lu, là, dans la 6 ? Nina saisit illico de quoi il s'agit, risque un sourire de triomphe, Lise s'était donc ruée sur l'album, yes, elle répond, sortant de son sac un paquet de cigarettes. T'as pas honte ? Lise s'est encore rapprochée, épaules à hauteur du front de Nina qui d'une main resserre son écharpe, et poursuit, après exhalaison d'une première volute, Lise, Heathcliff, *Wuthering Heights*, tu ne vois pas ce que c'est ? Lise éclate de rire, un mauvais rire, enchaîne de plus en plus rouge, les lèvres écarlates oh, Heathcliff, le maître du manoir ? Le type au regard sombre, aux joues dévorées de rouflaquettes noires, celui qui galope en solitaire dans la lande un chien fou à ses basques ? Celui qui fait tout le temps la gueule et qu'il ne faut pas déranger ? Le type rapatrié dans le silence immense, inexplicite et infini de son intériorité immense, inexplicite et infinie ? Nina très calme, yes, ça y ressemble. La première cloche a retenti et j'ai cru que nous en resterions là, j'étais fendue en deux dans le sens de la longueur. Lise, au contraire, a persisté, il n'y a rien de plus infini que le silence, Nina, et l'intériorité c'est idem, c'est du flanc, je te le dis, tu te fais avoir. Un flot de corps plus ou moins mouillés nous pousse vers les escaliers qui mènent aux étages. Le brouhaha est tel que l'on ne s'entend pas. Soudain la voix de Nina filtrée entre les manteaux, les capuches, les tenues de survêtements, le mystère, Lise, ça s'appelle le mystère, et c'est beau le mystère, ça m'intéresse. Seconde sonnerie, nous sommes en retard et grimpons en troupeau, l'étroitesse de la cage d'escalier n'autorise que trois élèves de front, Lise tient la rampe, Nina progresse au milieu, je monte contre le mur, en avance d'une marche si bien que tournée de trois quarts vers l'arrière, je peux saisir leur visage. Au premier palier, Lise décoche sur un ton d'ironie mordante, oh Nina j'ai compris : master égale mystère ? wouah ! Je souris. J'aime la drôlerie de Lise lancée dans le sprint final. Bousculade confuse, y perce pourtant la voix de Nina affûtée comme une lame, arrête de faire l'idiote. Nous sommes immobilisées toutes trois, une ondée de silence coule d'une tête à l'autre. Puis Lise hausse les épaules, s'éclipse vers les salles de physique – où elle brillait, où elle a toujours brillé, cela va de soi.

Ce n'était là qu'un round d'échauffement, je le sais, m'asseyant deux heures plus tard devant un rectangle de table de cantine, lequel accueille déjà mes comparses qui poursuivent l'échange au-dessus d'assiettes bicolores – vert des épinards bouillis en algues filandreuses, jaune pâle des œufs à la moscovite. Dehors la pluie redouble, les silhouettes brouillées traversent la cour au pas de course, on ne voit rien. Blondie *versus* Bush, les deux filles adoptent un débit de mitraillettes à faire claquer les langues, des ruminations furieuses à endolorir les mâchoires. Lise tient ses couverts serrés dans ses poings et son visage tendu en avant surplombe son plateau-repas. Si concentrée que des plaques rouges sont apparues sur ses tempes blêmes et duveteuses. Verbe haut, phrases injonctives, occurrences démultipliées des mots « vie », « corps », « force », « énergie », « matériel », « puissance », locutions péremptoires – Nina, écoute-moi, Kate Bush c'est gourance, gourance sur toute la ligne, retour à l'hystérie romantique, hymne à l'aliénation, philharmonisme alambiqué, enclavement rural, passion maso, cela nous fait régresser, la cavité humide voilà ce qu'il y a au bout de tout cela –, carotide palpitante, elle déblatère, il faut venir se placer au cœur du réacteur, dans l'œil du cyclope, récuser ce modèle, rester ensemble ! En face de quoi, Nina, chevêche d'Athéna pupilles écarquillées, attend son heure. Lise avale un morceau de pain saucé de crème au beurre et Nina s'introduit dans la brèche de silence. À la voir ainsi ramassée sur elle-même, les épaules rejetées vers l'arrière, les coudes plaqués à la taille, je sais qu'elle va lui faire la peau. Tu n'écoutes pas, elle commence d'une voix claire, tu fais la forte, tu t'énerves et tu n'écoutes pas. Tu veux du concret, très bien, soyons concrètes, partons du plus concret, du corps, partons des muscles, la voix est un muscle : il n'y a pas de dégringolade lyrique pour fille dessalée dans les chansons de Kate, mais une tension maîtrisée, une grâce athlétique, sa voix est gymnaste roumaine saut de l'ange dans le vide en justaucorps immaculé sous crépitement de flashs – les doigts de Nina lourdement bagués serpentent à hauteur des yeux de Lise –, cette fille n'a peur de rien, s'autorise tout, prend le pouvoir. Enclavée ? Tu rigoles ! Il faut que tu écoutes Lise, que tu écoutes comme cette fille ordonne sa fantaisie, incorpore le monde matériel dans sa musique, un cri, un rire, un froissement d'herbes, une bourrasque, elle s'est impeccablement située, voilà, elle dit le monde depuis son jardin, une pelote de hibou surplombant le piano. Elle agit seule. C'est bien le problème, Lise crache, elle n'ouvre sur rien, ne renvoie qu'à elle-même.

Parce qu'elle est la seule, Nina rétorque, parce qu'elle est pionnière. Alors j'interviens, et pétrie de musique classique, orgue et piano, elle ouvre sur bien plus large qu'elle, ouvre sur la danse, le mime, un art du geste. Oh là là le maniérisme ! raille Lise les yeux au plafond quand la tête de Nina exécute un non-non excédé.

D'un regard alternatif sur mes deux acolytes, je mesure que ce qui nous oppose nous reconfigure, nous redonne jeu, grain à moudre, cailloux à déposer comme autant de bornes et de repères, avitaille nos heures, mais l'ironie nous manque, ce qui nous anime nous manque, ce qui nous anime nous disloque. Alors, les vitres de la cantine ont tremblé, les filles ont relevé la tête de leur plateau vide, puis d'un tonnerre plus fort qu'elles, injonctif comme un rappel à l'ordre, des éclairs ont tracé des zigzags électriques dans le ciel noir.

ONE WAY OR ANOTHER, 3.31
Blondie, *Parallel Lines*

C'est décembre. Une fête va avoir lieu dans les anciens docks, quai des Belges. De la bière sur trente mètres de bar, du whisky sous les tables, du gros son, des filles, des garçons, on parle de cinq cents personnes, on dit que des groupes anglais vont débarquer en ferry, qu'il y aura des Parisiens, la bande du Palace, et Little Bob Story, la rumeur enfle, circule, je m'imagine que toute une jeunesse libre et animale sera présente et que dans ce champ si dense de petits points sombres et duveteux serrés les uns contre les autres, l'un sera ma tête, j'ai envie de danser. La perspective de cette nuit dans les docks troue de sa lumière chaude l'horizon gris ferraille qui nous regarde fixement depuis la mer.

Nous n'avons rien à nous mettre sur le dos, rien qui nous distingue, cela nous préoccupe – l'accomplissement de notre singularité n'est encore qu'un rêve, pour nous qui préférons agir ensemble, y travaillons en douce, imaginons la manie, l'intonation, le geste qui nous arracheraient à la masse des anonymes et nous feraient rayonner comme des filles spéciales. Trois jours avant la fête, nous entrons toutes les trois dans une friperie de la rue d'Étretat. C'est le seul magasin de cette nature en ville, la façade est noire, les vitres rendues opaques par un film de plastique, une adresse d'initiés. L'intérieur est sombre, encombré, il sent l'humidité, le joint, la sueur froide. On circule difficilement entre les piles de vêtements, les portemanteaux surchargés, les tas de chaussures en vrac. Bientôt, quelqu'un vient à nous entre les manteaux en peaux retournées et les chemises à jabot chantilly. C'est une femme serrée dans une redingote noire sous laquelle dépassent des mollets grillagés de bas résilles, lesquels sont enchâssés dans des Rangers à crampons. Effrayante et altière, une tête livide de poisson des grandes profondeurs, cheveux gris en pétard, yeux masqués d'un loup noir tracé au fard sur sa peau blanche, bijoux d'argent et accessoires métal, menton pointu, que puis-je pour vous les girls ? Nous expliquons. Après quoi c'est le grand déballage. La femme s'active, va et vient, décroche et déplie, monte sur des tabourets. Bientôt, les vêtements sont répartis. Il n'y a pas de cabine d'essayage, nous

nous déshabillons derrière les portants. Chair de poule sur nos peaux blanches d'hiver, on frissonne en passant les vêtements qui diffusent un parfum de renfermé. Puis chacune se soumet en confiance au verdict des deux autres, et à celui de la fripière qui s'en mêle. Nina la première va se déshabiller. Disparaît derrière le mur de vêtements derrière quoi elle déclare à voix haute hé Lise, je ne comprends pas le look de Debbie. La fripière esquisse un sourire et allume un joint. Deux mains plongées dans un bac de tee-shirts, Lise enchaîne quoi, quel look ? Voix de Nina, le look mini, mini mini même, et bondage limite, c'est Leeds qui veut ça, c'est Chapmann, c'est son mec ? J'interviens aussitôt, rien à voir, Nina, c'est pas les mecs, c'est elle, c'est elle qui décide. Maintenant Nina tourne devant nous dans une combinaison bleu irisé à bretelles amovibles, juchée sur des plates-formes à brides pailletées, elle titube, rit, se rétablit, poursuit, Debbie devrait faire attention, elle rentre dans leur jeu : ils veulent des nichons, de la cuisse de fille, c'est toujours pareil, c'est fatigant. Même le manager le plus cool finit par vouloir que la fille sur la pochette soit un peu aguicheuse, non ? Faut dire non à tout ça. Kate a dit non pour la pochette du *Kick*, on voulait qu'elle porte un truc sexy, je suis une artiste, elle a répondu. Lise surgit à cet instant, écartant d'un geste sec les vêtements sur le portant – des gabardines de l'Armée rouge à double boutonnage – oh, c'est vrai ça, elle a bien résisté, elle a préféré s'enrouler artistiquement dans un paréo indien et se suspendre artistiquement au dos d'un cerf-volant chinois décoré d'un dragon rouge très artistique, la gueule ouverte, oui, cela dit, je te signale qu'on voit une cuisse de son corps superbe, bichette. Nina peine à ajuster ses bretelles, trouve que le tissu de la salopette lui rentre dans les fesses, regarde autre chose, la fripière téléphone en anglais. Je m'immisce à nouveau, quelle cuisse ? Kate est minuscule sur la pochette. Lise qui laçait des bottes vernies turquoise sur ses mollets de cycliste a relevé le front, elle n'a pas de corps justement, c'est la fée Poucette, cette fille, tu connais la fée Poucette ? Pas vraiment glamour. Nina revient dans le jeu, je rappelle que le design de la pochette doit traduire un univers, elle hésite pour la combinaison – j'aurais mieux aimé une jupe –, quand Lise, je la vois, bout de rage – bottes trop étroites, réminiscence de colère ancienne – ah ouais, ça tombe bien, mon univers commence par mes bras et mes jambes, Debbie aussi j'imagine. J'ai déniché une veste de cuir rouge. Nina est postée devant le portant, elle entrouvre les vêtements pour que Lise l'entende, pst, elle glisse, Debbie, on l'utilise.

J'inspecte la doublure de la veste, je retourne les poches. Lise a rappliqué devant nous, qui ça « on » ? Elle porte une minijupe blanche, a les genoux couverts de bleus. Elle siffle à présent, qui ça « on » ? Les affreux jojos de ma maison de disques ? Les magnats-des-majors ? Et alors, si ça peut faire vendre ! Nina lâche au sol un carton de chaussures, se tourne vers moi, tapote de l'index sur sa tempe, pivote à nouveau vers Lise, tu perds la tête ma pauvre fille. J'ai endossé la veste pour intervenir, j'ai crié dans la boutique, sous leurs paires d'yeux ahuris plus la paire de la patronne, oh Kate, je veux qu'on m'utilise justement ! Je suis même là pour ça, pour être utilisée. Utilisez-moi ! Utilisez-moi ! Silence de trêve. Lise a souri de sorte que Nina aussi. Il fallut ramasser les vêtements au sol, apparier les chaussures, redresser les piles de tee-shirts.

Plus tard, Lise a pris un blouson en jean et la minijupe blanche en vinyle, Nina la combinaison d'elfe bleu satin à bretelles et une large ceinture en daim framboise, je choisis la veste de cuir rouge – une belle pièce, c'est ce que me répète la fripière. Au moment d'inscrire la vente des articles sur son cahier, elle chausse des lunettes, son étrangeté disparaît, elle prend visage de bonne femme, nous offre un lien de cuir orné d'une perle en verre, à nouer autour du cou précise-t-elle en tapotant sa gorge.

Le jour venu, un samedi, nous avons rendez-vous chez Nina en fin d'après-midi. J'ai les pieds trempés et serre à deux bras le sac qui contient la veste en cuir rouge – si la doublure turquoise se déchire sous les bras, l'étiquette précieuse *Annabel of London* tient bon dans l'encolure – le ciel est déjà noir, la pluie hachure serré le faisceau des lampadaires, la rue Arthur-Honegger résonne comme un décor de cinéma. Plus tard, la mère de Nina ouvre la porte, elle a le visage de Lea Massari, même douceur fatiguée, même façon de fumer le dos contre l'évier, d'écarter du poignet les mèches de cheveux qui tombent devant son visage, le tablier de cuisine fermement noué sur le ventre, elle m'embrasse puis me désigne le fond de l'appartement, les filles sont dans la salle de bains. Je traverse l'appartement Canavaro. Le père n'est pas là, le père n'est jamais là. Dans le salon, posée sur un guéridon d'acajou entre autres bibelots, une photographie le montre petit bonhomme bravache devant la porte ouverte de son camion, tête à hauteur du plancher de la cabine, et en arrière-plan les cheminées de la raffinerie de Gonfreville-l'Orcher. Une médaille de saint Christophe, clouée au mur, veille sur le tout.

Lise et Nina sont bien là, dans les glouglous et la fumée, en culotte et débardeur, follement abruptes, assises sur la baignoire, cou rentré entre les épaules, dos rond, bras écartés de chaque côté du torse, mains à plat sur le rebord et pieds immergés jusqu'aux chevilles dans un cloaque bulleux de mousse dégradée. La vapeur nuage jusqu'à leurs genoux puis se dilue pour se mélanger à d'autres fumées, tabagiques celles-là, qu'est-ce que vous fabriquez ? On se réchauffe, Nina a répondu sans me regarder, les yeux rivés au fond du bac, sinon, problème de circulation, congestion, varices, mollets marbrés, tu vois un peu le truc ? Le visage penché sur les genoux et la chevelure passée par-dessus la tête, les mains appliquées à frictionner ses orteils, Lise ajoute je viens de me faire un shampooing à l'eau oxygénée. Je déchausse mes bottes, fais glisser ma jupe sur mes hanches, roule mes collants et, hop, troisième paire de jambes nues, troisième paire de fesses posées sur l'émail lézardé de la grosse baignoire et troisième paire de pieds transis dans l'eau bouillante. Nina me fait face à l'autre extrémité du bassin, Lise est assise de profil sur la longueur. La condensation dans l'air fait perler les murs, le miroir, la fenêtre, fait perler les peaux. Nous passons un long moment à nous regarder, à comparer nos corps – nous ne nous trouvons pas bien, avons les cuisses qui se touchent, de gros genoux, le dos large ou pas assez de seins, Nina surtout qui raccourcit les bretelles de son soutien-gorge pour faire pigeonner sa poitrine, je lui dis qu'il y a plein de garçons qui aiment les petits seins, beaucoup plus qu'on ne croit, Lise relève la tête – visage violet, cheveux qui éclaircissent à vue d'œil – et déclare d'un ton de sentence déclamatoire, l'index tendu vers le plafond, je rappelle que les filles libres brûlent leur soutien-gorge, j'ajoute tout ce qui compte c'est l'attitude, puis nous cherchons ensemble des noms de stars mythiques à petits seins, n'en trouvons pas, je m'écrie Katharine Hepburn, Nina hausse les épaules, franchement tu déconnes.

Plus tard, nous sortons de la pièce étuvée avec les cuisses rouges comme des saucisses et les pieds dilatés. La mère de Nina nous crie de venir manger quelque chose dans la cuisine mais non, nous ne voulons rien avaler. Finissons de nous préparer pendant une heure – Lise blondit à mesure que ses cheveux sèchent – puis nous installons devant la télévision sans toutefois pouvoir nous intéresser à l'émission. La mère de Nina propose de nous conduire, il est neuf heures, elle s'impatiente. Nous sommes ridicules de vouloir arriver si tard, nous devrions au contraire profiter le plus possible de la fête. Dans la voiture, elle nous fait promettre de ne pas boire n'importe quoi et de nous faire raccompagner par des personnes sérieuses –

sérieuses ? veut-elle dire sobres ? Nina est assise à l'avant, à côté d'elle, dit oui à tout en regardant par la vitre les rues désolées battues par la pluie, pas une âme qui vive, où sont les gens, où sont ceux qui vivent ici ? À l'arrière, Lise se remet du rouge qu'elle étale en pressant les lèvres à plusieurs reprises dans un geste professionnel et tire inutilement sur sa mini, elle me passe son poudrier, je vérifie mes yeux dans le miroir, je n'ai jamais été aussi belle, c'est ma soirée.

Le quai des Belges est vide. Vous êtes sûres que c'est ce soir ? La mère de Nina roule lentement, le menton au ras du volant. Bientôt, le dock, et devant, garées, une vingtaine de voitures, motos, mobylettes. Y a pas foule murmure-t-elle, c'est ça votre fête ? Nina lève les yeux au ciel, excédée, puis nous descendons de voiture. À l'intérieur, la salle est immense, froide, éclairée par des néons. Une scène a été dressée, elle est vide. À minuit, ça commence répond-on à Lise qui interroge, deux heures à tuer donc. Des types s'affairent autour d'une table de mixage, d'autres branchent des micros et règlent les balances, d'autres encore vident les cartons de bière derrière des tréteaux recouverts de papier blanc. Personne ne fait attention à nous trois qui piétinons en fumant cigarette sur cigarette et soudain, nous voilà reflétées dans la grande vitre noire miroir : trois filles pomponnées et bien trop contentes. Les yeux qui papillotent. Trois filles qui ne sortent jamais, ça se voit tout de suite. Trois filles sans garçons – les frères arriveront plus tard. Je rumine ma honte, je voudrais aller m'essuyer le visage dans les lavabos et revenir dans deux heures, jean et bottes, cheveux détachés, souveraine. Nous avons froid, sommes déçues. Comme souvent, Lise est la première à réagir. Fait cavalier seul vers le bar que l'on installe, passe derrière et se penche à son tour sur les cartons de bouteilles, se mêle au groupe qui s'active, bientôt on l'entendra rire. Je propose à Nina d'aller faire un tour dehors. La mer est haute dans la cale, démontée, brisée comme de la vieille ardoise et il y a tant de vent qu'il faut se mettre à deux pour allumer une cigarette le front appuyé contre la paroi glacée des containers, nos yeux pleurent, sans que les larmes coulent – elles fuient sur les tempes. Peu de mouvements dans le port mais les hublots éclairés aux châteaux des navires à quai laissent deviner que la nuit sera chargée. Nina regarde sa montre, soupire, je me demande ce que je fais là, dans deux heures tout le monde est bourré, on n'entendra plus rien, on sera tous compressés les uns contre les autres, je n'aurais pas dû venir. Qu'est-ce que tu racontes ? J'ai haussé les épaules. C'est juste tellement superficiel reprend Nina qui souffle ces mots d'une voix si molle que je voudrais la secouer comme un prunier pour la ramener à cette fête monstre, ici et maintenant, qu'elle s'y place comme nous et comme tout le monde. Un bruit de machines souffle derrière elle, je me retourne, un bateau entre dans le bassin à lente allure, forme opaque impénétrable sur fond noir convulsif, il ronfle si fort qu'il nous semble tout proche quand il nous dépasse, énorme et velouté, vient se tapir à quai pour nous surplomber de sa hauteur subite, de son poids. Nina écarquille les yeux, frissonne, regarde à nouveau sa montre, elle veut poursuivre, je coupe court, quand on est au bal, pas d'histoire, il faut danser.

À présent, la salle est pleine et moite et sombre. Une foule compacte s'est regroupée devant la scène, clairsemée à mesure que l'on se recule vers la ligne de bar. Les formations défilent les unes après les autres et la buée commence à ruisseler sur les vitres, sur les fronts, au-dessus des lèvres : Thunder Kiss, Fixed-Up, City Kids, Dum Dum Boys, Goldashes, Lady Without Mercy, Thugs. Bientôt, nous reconnaissons les Dark Requiem, des types du lycée, dandys efflanqués comme des chats de gouttière, figures anguleuses traversées de mèches noir corbeau, costard sombre, fard blanchâtre sur le visage, ils sont quatre, s'apprêtent à jouer. Les groupies se rassemblent, parmi lesquelles une fille de terminale connue : le carnet où elle répertoriait ses amants – lieu et date, performances, spécialités – avait circulé dans le vestiaire du gymnase, son système de notation d'une échelle de 1 à 10 combinait des critères objectifs, taille poids température, et des goûts personnels, quelques filles y figuraient, un cas d'école, une fille respectée. Lise n'est pas loin qui discute maintenant avec un type, un plus vieux, cela n'est pas bon signe, et, grandes guiboles qui trépignent sous la minijupe blanche et queue-de-cheval qui bat la mesure, menton haut pointu et l'œil partout, elle est impeccable. Elle m'aperçoit, fonce vers moi, vient coller sa figure contre la mienne, elle est ivre ou presque, son haleine sent la bière, ses yeux étincellent, elle s'amuse, je te préviens Pierre est là-bas, vas-y, va lui parler, les types à lunettes faut aller les chercher, c'est ce soir ou jamais, elle me bouscule, me pousse dans le dos, rit trop fort, je lui couvre la bouche de la paume de ma main, tais-toi, tais-toi, puis subitement lui demande qu'est-ce que je lui dis ? Lise me rétorque en détachant les syllabes débrouille-toi, pivote pour rejoindre celui qui la convoite et s'abandonner au plaisir d'être convoitée. J'attends. Pierre se tient à vingt-cinq mètres, adossé contre le mur, bière en pogne et lunettes abaissées sur le nez. *Picture This.* J'envisage de fendre la foule et d'avancer vers lui, je le solliciterais sans masque, sans cacher mes intentions, j'engagerais la conversation d'une voix claire, poserais de la sorte un acte fort, un geste libre et digne d'une fille qui sait ce qu'elle veut et œuvre calmement pour réunir les conditions de sa réalisation. Une fille qui n'attend pas sur la touche qu'on l'invite à danser au premier slow, et travaille pour les autres, pour toutes celles qui poireautent côte à côte et gloussent en se confiant leur sac. Marcher vingt-cinq mètres, ouvrir la bouche, parler sans arrière-pensée – je décompose ces opérations : elles sont à ma portée. Et plus je soupèse cette idée, plus il me semble qu'il n'y a rien de plus excitant pour moi sur terre à cette heure, plus cette perspective me grandit. Je vais marcher vers Pierre, je suis la fille Blondie qui n'a pas froid aux yeux et assume ses désirs, j'ai une veste en cuir rouge à doublure turquoise importée de King's Road, une veste d'héroïne, de beaux cheveux bruns qui flottent sur mes épaules, sept centimètres de talons, j'ai vingt-cinq mètres à faire. Vingt-cinq. *Picture This.* À ma gauche Lise et le type s'embrassent à pleine bouche, il a plaqué ses mains sur les fesses rondes de la mini-jupe blanche, elle a sorti la chemise et passé ses mains sur ses reins, ils cherchent un équilibre, avancent et reculent. Vingt-cinq mètres. Je traverse la foule, contourne les corps placés dans ma trajectoire, esquive les têtes, les jambes et les bras secoués en tout sens, neuf mètres, Pierre change d'appui contre la paroi, j'avance encore, mon corps s'incrémente à chaque pas, je le sais, bien que je me sente déjà grise, sept mètres, peut-être six, les enceintes énormes placées sur la scène sont comme deux grandes bouches qui expirent le battement du monde, un son sourd et puissant, le mouvement du magma au tréfonds du cratère, le courant sous-marin qui réchauffe l'océan, et il me semble que mon corps se charge de cette vibration primitive, je me dirige vers Pierre à présent, je me projette à l'unisson de tout ce qui bouge autour d'elle, ambiance électrique, *a sky full of thunder*. Trois mètres. Je prends mon destin en main. Cinquante centimètres. Il est devant moi. Salut ! Il semble surpris, me répond salut après un bref sursaut. Puis nous nous faisons face en silence. Je lui indique la scène d'un mouvement de tête, alors ? Il secoue la tête en avalant sa bière, je le sens amusé. Je crois que toi et moi on aimerait quand même mieux Blondie, non ? Yes ! Je souris. Nous sommes connivents, la nuit s'étend devant nous, dilatée, pleine, gorgée de bruits et de mouvements, elle nous contient, je me laisse aller contre le mur et Pierre s'y appuie à son tour d'une hanche ironique, ajoute Blondie, version *Plastic Letters*, on est d'accord ! Je réponds sans le regarder, ou les Modern Lovers, des types féministes, des amoureux modernes, la classe. Il joue, soit ! Je me sens sûre de moi comme rarement, j'ai confiance. Nous regardons encore la salle, je fume, il boit, j'aperçois Nina dans un interstice de silhouettes, elle s'est placée juste devant la scène. Un type vient d'entrer en courant, la guitare en travers du torse, beau comme un astre, nippé comme un prince, du blanc, un jabot de dentelles déboutonné jusqu'au nombril, un blouson de cuir, les cheveux aux épaules, boucles noires coiffées Mario Kempès, yeux fardés et bottes pointues. Il se poste immobile face à la salle, frappe de son poing la caisse de sa guitare, bam, bam – silence –, bam, bam – silence –, puis il sonne les premiers accords de *Louie Louie*. On va boire quelque chose dit Pierre, nous slalomons vers le bar sur quoi il attrape deux bières, m'en tend une, propose d'un ton neutre on devrait sortir un peu, tu viens ? Oui. Dehors, un vent glacial s'est levé, la nuit est cisaillée de rafales coupantes qui nous obligent à baisser la tête. D'autres couples sont disséminés çà et là, parmi les voitures, les pylônes et les containers. Nous trouvons un coin à notre tour, abrités au dos d'un camion, face aux feux de la digue, nous

nous laissons glisser contre la carrosserie et nous nous accroupissons sur les talons. Ça caille, Pierre marmonne en relevant son col de chemise trempé de sueur. Tu veux ma veste ? C'est moi qui ai parlé, et elle me plaît cette inversion des postures, la fille qui réchauffe le garçon, qui lui passe le vêtement, Pierre cale son épaule gauche sous la veste puis se rapproche de moi et l'ouvre pour que j'y glisse mon épaule droite, nous nous serrons l'un contre l'autre, remuant à peine dans l'espace exigu que nous octroie la casaque, mon tee-shirt aussi est trempé, nous sommes comme deux naufragés qui récupèrent sur le rivage, les visages alternativement baignés d'une lumière verte ou rouge qui clignote depuis l'entrée du port, traverse la membrane de nos paupières, bien que Pierre se soit penché sur les miennes maintenant, puisque nous nous embrassons chaudement, langues à la bière torsadées dans nos cavités palatines, tournés face à face afin que nous puissions nous caresser le corps, enroulés dans la même peau de cuir rouge.

Plus tard, debout les jambes molles et les lèvres brûlées, nous rentrons à l'intérieur du dock en marchant côte à côte, corps séparés, silencieux, paupières baissées, sourires mangés, ne savons plus trop comment nous placer l'un par rapport à l'autre, comment nous tenir, flottons, Pierre a les mains dans ses poches, puis allume ma cigarette et me fait savoir d'un pivotement du torse qu'il s'éloigne, j'y vais, ses copains lui font signe, je me détourne à mon tour, j'y vais, on se fera signe. La salle est chauffée à blanc, la scène est vide, soudain la sono déchaîne les basses fulgurantes qui ouvrent *One Wayor Another*, sèches, raides, fiévreuses, Blondie, notre disque, notre hymne, je cherche Nina et Lise, surexcitée, aimerais danser avec elles, pivote sur moi-même pour scanner la foule, personne, j'entends la voix de Debbie haute et forte – *One way or another I'm gonna find ya, I'm gonna getcha getcha getcha getcha, One way or another I'm gonna win, I'm gonna getcha getcha getcha getcha* – et chante à mon tour, haut et fort, augmentée d'un événement neuf, les seins durs, le ventre brûlant, le sexe lourd, le cou délié, un baiser, c'est pris, c'est à moi, c'est inscrit pour toujours, j'approche du lieu de la salle où la densité de corps est la plus haute, sûre d'y trouver Lise, oui, elle y est, ventousée à un nouveau garçon contre lequel elle pogote, elle se décolle de lui dès qu'elle me voit pour se ruer à ma rencontre, me prendre par la main, me ramener vers le point nodal de la salle, et sauter sur place, haut, plus haut, à pieds joints, et se balancer, battre la mesure de violents coups de

tête, bouche ouverte, yeux ouverts, bras ouverts
– *One way or another I'm gonna see ya, I'm gonna meetcha meetcha meetcha meetcha, One day, maybe next week, I'm gonna meetcha, I'll meetcha* – où est Nina ? Lise s'époumone, le morceau s'achève.

Il est quatre heures. Je lui signifie de me suivre, il faut retrouver Nina, se mettre en quête d'une voiture qui puisse nous ramener. Nous nous faufilons hors du groupe où nous dansions, le garçon que Lise enlaçait nous emboîte le pas, Lise accélère, me crie qu'il faut aussi le semer, celui-là, j'éclate de rire, puis nous nageons de concert dans la salle, rapides comme deux poissons en fuite. La foule commence à se disloquer sur sa périphérie, attroupements, embouteillages devant les accès, on esquive, on zigzague, les têtes en périscopes sur la mer chevelue, des types se cognent, l'un se tient le nez ensanglanté mais soudain revient vers son adversaire qui lui tournait le dos, empoigne son épaule d'une main grippée sur le cuir du blouson, le retourne, lui assène un coup de boule, les filles hurlent, Lise est figée sur place et moi à côté d'elle, nous reprenons notre souffle, de plus en plus de corps s'écroulent contre les murs, on craint que des types bourrés n'aillent se foutre à l'eau. Un quart d'heure plus tard, Lise peste, Nina est déjà partie, cette idiote, elle aurait pu prévenir.

Nous récupérons nos vêtements sous la table où nous les avions laissés et courons plus tard le long du dock dans la nuit épaisse et dépeuplée. Bientôt, la fête derrière n'est plus qu'une grande lucarne orange traversée de silhouettes en ombres chinoises, un geyser qui faiblit à mesure que l'on s'éloigne, et la musique s'éteint pour ne plus laisser battre que les sons sourds du rock. Je dégrise, Lise est saoule, blême, chancelante, Marie, je me sens mal, elle titube contre le mur, se tient à la paroi, cassée en deux sur le trottoir, le corps secoué de spasmes, vomit longuement, s'essuie la bouche du revers de la main, relève la tête, ses yeux sont bouchés de cernes gris, elle grelotte, c'est bon, ça va aller. Une voiture nous dépasse, la vitre s'abaisse, c'est la fille au carnet, vous êtes à pied ? montez ! Son copain gît à l'arrière, tête basculée contre la vitre, lui aussi la joue et le menton maculés de traînées vomitives. On roule ensuite à lente allure, toutes vitres ouvertes, l'air glacé de la nuit nous fige dans le plein silence.

HEART OF GLASS, 5.50
Blondie, *Parallel Lines*

Les dimanches de lendemain de fête sont invariablement blancs et mous, de la peluche. Ils sont là pour nous rappeler que nous avons des parents – qui font la gueule, ces matins-là, visages lourds de reproches penchés sur les théières, colères lentement implosées, questions convenues – bien que nous les ayons comme expulsés de nos vies, nous n'y pensons pas, ne parlons pas d'eux, ne partageons rien ; au mieux nous ménageons les apparences, louvoyons, une faute de notre part accusant comme un boomerang la permanence de leur autorité, le cours efficient de leur pouvoir, puisqu'ils détiennent entre autres choses les clés matérielles de notre liberté, le téléphone dont nous abusons, l'argent qu'ils nous donnent, la voiture qui nous transporte, oui, ils sont bien là, nous vivons avec eux, mais ils ne sont pas « dans » l'affaire, refoulés du centre et cantonnés à la périphérie de nos journées, le petit déjeuner du matin, le repas du soir. Et les dimanches, donc, souvent.

Ces jours-là nos frères se lèvent tard, bien plus tard que nous, puisqu'ils sont également rentrés à l'aube, vidés, sales et suants, se sont écroulés pas même déshabillés sur un lit défait, souillé, dans une piaule aux rideaux continuellement tirés, où nos mères voire toute autre personne affectée à l'éducation et à la bonne tenue du ménage ne pénètrent plus que rarement, pour aérer, déposer un peu de linge propre, ahuries à chaque fois par l'odeur, la crasse et le désordre, soupirant ou bien donnant des grands coups de pied dans les placards et dans les portes, qu'il se prenne en main ce petit merdeux, suis pas sa bonniche, soudain prise de fureur – une telle chambre c'est manquer de respect, c'est favoriser les rats. Eux aussi s'attablent de mauvaise grâce au petit déjeuner, n'ont jamais faim au lever, ne touchent à rien donc, aimeraient mieux fumer direct, une bonne tige qui leur piquerait les narines, ont déjà les pieds qui tremblent d'impatience sous la table, n'en peuvent plus de répondre une énième fois aux questions parentales, d'écouter les avertissements, les conseils, les recommandations, ils sont si jeunes, dix-huit, vingt ans, corps efflanqués et bouilles rondes, ils consentent à mâcher trois mots les yeux au plafond, puis se lèvent et quittent la table à la manière des hommes qui ont quelque chose à faire, pénétrés, filent dans leur chambre, et aussitôt y passent leur disque, ou finissent par sortir après avoir crié un au revoir indifférent devant la porte, et une fois passé le coin de la rue, ils accélèrent, faut voir comment. C'est pourquoi, quand la mère de Nina a téléphoné, vers neuf heures, seule ma mère était debout, buvait son thé à la cuisine en parcourant le journal de la veille. Mon père a décroché depuis son lit, à l'étage, main furieuse surgie par-dessus l'oreiller, j'imagine. Nina n'est pas rentrée, c'est ce qu'elle dit à mon père hirsute qui a travaillé toute la nuit, ignore tout de la fête où nous sommes allées, sait à peine qui est Nina, raccroche en répondant qu'il va s'informer, que je vais la rappeler, puis gueule qu'il aimerait bien être tenu au courant de ce qui se passe dans cette maison bordel de merde, déboule en slip dans la cuisine. Marie ! puis, à ma mère, Marie, où elle est ? Ma mère lui répond doucement que je dors encore, il se précipite dans la cage d'escalier, penche la tête en arrière, hurle Marie Marie, repart dans la cuisine, les bras croisés haut sur son ventre, il se gratte les coudes, c'est ainsi que je le trouve alors qu'il demande à ma mère, elle va se lever ou faut-il que j'aille lui botter le cul ? Quoi, qu'est-ce qui se passe ? Je débarque, ensommeillée. Mon père : Canavaro, elle est là-haut ? Non, j'ai répondu, pourquoi ? Parce que figure-toi qu'elle n'est pas rentrée chez elle, ta copine, et que sa mère est au trente-sixième, appelle-la. Merde. Téléphone. La mère de Nina me torpille de questions auxquelles je n'ai aucune réponse. Elle est très angoissée. Elle a téléphoné chez Lise, personne n'a décroché. Plus tard, je bois un thé. Ma mère vaque dans la cuisine en silence. On ne peut pas vous faire confiance.

En début d'après-midi, Nina téléphone, lointaine. Ça va ? Qu'est-ce que tu fais ? Elle est calme, il s'est produit quelque chose. Rendez-vous est pris une heure plus tard à l'estacade. Nous irons chez Lise rédiger le texte pour Niagara Rock. À l'heure dite, je suis en vue de la passerelle de bois qui enjambe la promenade. Le ciel est blanc, il va neiger, la mer est pleine, on l'entend qui clapote faiblement sur les galets cabossés. Il n'y a pas un souffle d'air, il faut se méfier. Nina est là, debout et tournée de trois quarts vers la mer, le profil dégagé, enveloppée d'un châle noir, des jambières de laine en tire-bouchon autour du jean, yeux charbonneux et cheveux bouclés. A peaufiné le look de Kate, pose de mime et tout à l'avenant. Radieuse. Je me dis qu'il manque tout de même le vent, une bonne tempête aurait complété la scénographie.

Qu'est-ce qui s'est passé hier ?, je l'embrasse sur une joue. Elle sent la violette. Je vais t'expliquer. Alors Lise a surgi, yeux bouffis et teint brouillé, couchée sur un vélo de course, moulée dans son survêtement d'aviron, un bonnet à pompon rabattu sur les oreilles. Elle descend de selle la jambe haut levée pour passer la barre et, la voyant faire, j'ai l'impression qu'elle mesure deux mètres. Hé Nina, qu'est-ce que t'as foutu hier, ta mère a réveillé tout le monde ! Nina répond j'ai rencontré quelqu'un. Ah. T'aurais pu prévenir quand même lui répond Lise qui souffle dans ses mains pour les réchauffer et saute sur place. Je dévisage Nina, ouais, ça se fait pas, on t'a cherchée. Nina saute du petit mur et se met à tournoyer comme un derviche en levant les bras au ciel, sourit en plissant les yeux à demi, vous ne pouvez pas comprendre. Lise et moi échangeons un regard connivent puis nous nous mettons toutes trois en route, en direction du nord. Nina et moi avançons côte à côte, Lise, à vélo, trace des ellipses autour de nous. La côte d'Ignauval se présente, Lise se dresse sur son cadre et l'attaque en danseuse, nous la voyons se rétrécir à toute allure, mince hampe souple que prolonge le pompon ébouriffé du bonnet. Nina regarde sa montre, ne cesse de sourire, ne prononce une parole.

Dans un virage de la montée s'élève le pavillon des Berger, grosse bâtisse neuve au toit d'ardoises pourvue d'un garage à deux places et d'un jardin de graviers assombri par une frange limitative de sinistres thuyas. Il n'y a personne, comme souvent le dimanche – mon frère est chez sa copine, mes parents font du vélo en forêt, ils ont emmené le chien. Nous gagnons la chambre de Lise, à l'étage – posters de chevaux sauvages qui cavalent sur la grève, posters de Blondie, portraits de Debbie sur scène dans la pénombre huileuse et dorée du CBGB's, pêle-mêle d'images punaisées sur plaques de liège, photos des Berger famille Playmobil dans un camping du Verdon, photo de nous trois dans un Photomaton. Aussitôt, elle allume la chaîne – haute-fidélité, dernier cri, encore un cadeau du père –, plonge vers le lit sous quoi elle tend un bras pour attraper la mallette de plastique qui contient la machine à écrire, argument de notre présence. Ensuite, Blondie autoreverse mais cela ne marche pas. Le muscle de notre mémoire collective n'opère aucune fibrillation, l'essaim de neurones qui contient l'album que nous avons tant écouté demeure inerte. Cela ne donne rien et fleure la vieille recette, le coup du souvenir comme un partage possible. Nina est assise sur l'extrême rebord du lit, comme si elle s'apprêtait à filer, Lise va et vient de l'armoire à la table, de la table à la fenêtre, mais aucun de leurs gestes n'accompagne la musique. Je me suis attablée devant la machine à écrire et pour occuper mes mains et poser mon regard ailleurs que sur les faces tourmentées de mes comparses, je procède au réglage de la feuille, bon, on commence ? Je me retourne et surprends Nina qui regarde sa montre, bat des cils, annonce je vais téléphoner. Lise souffle dépêche-toi et s'accroupit pour hausser le son. Son visage crispé m'offre peu d'ouverture. Qu'est-ce qu'il y a ? je demande. Il y a que Nina, je ne la sens pas, Lise me tend un chewing-gum, elle n'est pas avec nous, c'est énervant. Je précise il y a que Nina est amoureuse, on dirait. Lise lève les yeux au ciel – elle a embrassé pas mal de garçons la veille, on est jeune on s'amuse –, l'idée du petit couple l'ennuie, seize ans, main dans la main gentils câlins, voilà qui n'est pas pour elle, Nina, pur désastre, on ne peut pas la laisser deux minutes mâchonne-t-elle, amère, tout de suite c'est l'addiction. Quand Nina réapparaît, un pli d'inquiétude creuse son front qui irradie l'amour, il n'était pas là, il est bien seize heures ? Regarde dans le jardin, regarde sa montre, regarde au loin puis lentement tourne le visage vers l'intérieur de la pièce, nous regarde l'une après l'autre de ses yeux fumés dans le fard à paupières et cernés d'angoisse, bien, Blondie on écrit quoi ?

Nous avons élaboré le texte – Blondie meilleur groupe de rock ? ou meilleur groupe de rock conduit par une fille ? – dans un climat de lourdeur pénible, impossible à pulvériser, le volume de la musique nappant notre malaise d'un jus de ciment épais. À dix-neuf heures Lise et moi ne savions toujours rien de la nuit de Nina, n'étions pas assez fillasses pour lui quémander des confidences – une vraie dignité, ce jour-là, on a eu, déclarerait Lise quelques jours plus tard – mais cette nuit-là pesait des tonnes, assurément. Je m'accrochais à la voix de Debbie tandis que les pas de Lise traçaient des figures géométriques sur la moquette et que Nina les yeux mi-clos sondait son mystère intérieur, descendait au plus profond dans le ventre de la baleine, sa nouvelle chambre, sa résidence. Puisqu'une seule nuit, et oups ! avalée dans le monstre, gobée crue, une seule bouchée, engloutie dans l'amour, et régurgitée vers nous par intermittences, telle quelle, certes, la pommette rose irisé et les dents étincelantes, mais une laisse élastique invisible agrafée dans son dos. Lise et moi assistons sidérées à ce déménagement, mesurons l'empire sous lequel elle se tient aux efforts désespérés qu'elle déploie en sursaut de bonne volonté pour nous détromper. J'ai fini par demander à Lise de couper la musique et le silence qui a figé instantanément la pièce m'a semblé aussi terrifiant que la douzaine de secondes précédant l'explosion de la grenade. Alors ce fut le moment d'écrire, j'ai regardé la page blanche glissée sous le rouleau de la machine à écrire, et mes doigts ont frappé à toute vitesse les premiers caractères, tactactac, c'était moi qui donnais maintenant le rythme, dans les rapides, mais comment c'était déjà ?

Mon corps sismographe enregistre les tremblements, soubresauts et tensions de notre petite communauté, enregistre les menaces de sa désarticulation : Lise passe le plus clair de son temps au café avec les garçons de terminale, parle comme eux, fume comme eux, a même truqué son rire, nous enjoint de venir la rejoindre sur la banquette comme pour choisir ce camp-là ; Nina envisage de prendre des cours de mime au second semestre, analyse ses émotions, écoute Kate Bush et plus tellement Blondie – trop impur, trop groupe, trop naïf, trop simple.

Je suis allée voir Pierre. Je l'ai cherché partout, activée par une urgence subite, l'ai surpris au gymnase, en débardeur et flottant, mains blanches de farine, lunettes de travers, beau et moins maigre que je ne l'aurais cru – je n'ose pourtant l'examiner puisqu'il est presque nu et moi emmitouflée – et, sans attendre, l'ai invité chez moi à venir écouter *The Kick Inside*. Il s'est penché pour ramasser au sol le bout de mon écharpe qui traînait par terre, fais gaffe c'est beau. Il ne connaissait pas Kate Bush, a essuyé ses lunettes dans son short, a répondu bonne idée, je ferai le déplacement, puis s'est dirigé à petites foulées vers les vestiaires – *roadrunner, roadrunner.*

L'aviron est désormais le seul lieu où nous agissons encore ensemble. Dix jours après la fête, Lise refait pour la énième fois sa queue-de-cheval d'un geste brutal avant d'empoigner les rames. Elle a passé le matin même l'épreuve de conduite du permis moto, félicitée par les types qui organisaient l'épreuve, son père lui a promis une Triumph. Nina est arrivée en retard, a regardé sa montre, je dois téléphoner. J'ai dans ma poche la liste des charters pour New York et l'adresse d'une auberge de jeunesse sur la 23rd. Au cas où. Nous marchons l'une derrière l'autre, l'embarcation renversée au-dessus de nos têtes, comme à chaque fois, mais sans parler. Cela ne va pas, ce silence, ce non-dit, là est la vraie saloperie, cela ne nous ressemble pas. De sorte que nous ramons mal ce mercredi de décembre dans le bassin du port de plaisance. Paf, paf. Quelque chose s'effiloche. Plus il s'effiloche et plus il s'effiloche, c'est irréversible, l'éloignement ne produit rien d'autre que lui-même, sa courbe de croissance est exponentielle, poisse des mathématiques. On ne trouve pas la cadence. On ne trouve pas ce rythme binaire qui nous fait danser. Il nous faut autre chose, c'est la solution, je le dis à Lise et à Nina. Sans quoi jamais de New York Downtown à fond la caisse dans une Camaro conduite par une fille blonde, sans quoi pas de jardin anglais, ni de poésie fantasque, sans quoi jamais plus de jeu de jambes entre les garçons qui nous plaisent, sans quoi jamais plus nous trois. Autre chose et vite. Sans quoi jamais plus de course dans les rapides.

DU MÊME AUTEUR

Aux Éditions Verticales

JE MARCHE SOUS UN CIEL DE TRAÎNE, 2000.

LA VIE VOYAGEUSE, 2003.

NI FLEURS NI COURONNES, collection « Minimales », 2006.

CORNICHE KENNEDY, 2008 (Folio n° 5052).

NAISSANCE D'UN PONT, 2010. Prix Franz Hessel et prix Médicis 2010 (Folio n° 5339).

TANGENTE VERS L'EST, 2011. Prix Landerneau 2012.

RÉPARER LES VIVANTS, 2014. Prix RTL-*Lire* – Prix du Roman des Étudiants France Culture-*Télérama*.

Chez d'autres éditeurs

DANS LES RAPIDES, *Naïve*, 2007 (Folio n° 5788).

NINA ET LES OREILLERS, illustrations d'Alexandra Pichard, *Hélium*, 2011.

PIERRE FEUILLE CISEAUX, photographies de Benoît Grimbe, *Le Bec en l'air*, 2012.

VILLES ÉTEINTES, photographies de Thierry Cohen, textes de Maylis de Kerangal et Jean-Pierre Luminet, *Marval*, 2012.

COLLECTION FOLIO

Dernières parutions

5581.	Paolo Rumiz	*L'ombre d'Hannibal*
5582.	Colin Thubron	*Destination Kailash*
5583.	J. Maarten Troost	*La vie sexuelle des cannibales*
5584.	Marguerite Yourcenar	*Le tour de la prison*
5585.	Sempé-Goscinny	*Les bagarres du Petit Nicolas*
5586.	Sylvain Tesson	*Dans les forêts de Sibérie*
5587.	Mario Vargas Llosa	*Le rêve du Celte*
5588.	Martin Amis	*La veuve enceinte*
5589.	Saint Augustin	*L'Aventure de l'esprit*
5590.	Anonyme	*Le brahmane et le pot de farine*
5591.	Simone Weil	*Pensées sans ordre concernant l'amour de Dieu*
5592.	Xun zi	*Traité sur le Ciel*
5593.	Philippe Bordas	*Forcenés*
5594.	Dermot Bolger	*Une seconde vie*
5595.	Chochana Boukhobza	*Fureur*
5596.	Chico Buarque	*Quand je sortirai d'ici*
5597.	Patrick Chamoiseau	*Le papillon et la lumière*
5598.	Régis Debray	*Éloge des frontières*
5599.	Alexandre Duval-Stalla	*Claude Monet - Georges Clemenceau : une histoire, deux caractères*
5600.	Nicolas Fargues	*La ligne de courtoisie*
5601.	Paul Fournel	*La liseuse*
5602.	Vénus Khoury-Ghata	*Le facteur des Abruzzes*
5603.	Tuomas Kyrö	*Les tribulations d'un lapin en Laponie*
5605.	Philippe Sollers	*L'Éclaircie*
5606.	Collectif	*Un oui pour la vie ?*
5607.	Éric Fottorino	*Petit éloge du Tour de France*
5608.	E.T.A. Hoffmann	*Ignace Denner*

5609. Frédéric Martinez	*Petit éloge des vacances*
5610. Sylvia Plath	*Dimanche chez les Minton et autres nouvelles*
5611. Lucien	*« Sur des aventures que je n'ai pas eues ». Histoire véritable*
5612. Julian Barnes	*Une histoire du monde en dix chapitres ½*
5613. Raphaël Confiant	*Le gouverneur des dés*
5614. Gisèle Pineau	*Cent vies et des poussières*
5615. Nerval	*Sylvie*
5616. Salim Bachi	*Le chien d'Ulysse*
5617. Albert Camus	*Carnets I*
5618. Albert Camus	*Carnets II*
5619. Albert Camus	*Carnets III*
5620. Albert Camus	*Journaux de voyage*
5621. Paula Fox	*L'hiver le plus froid*
5622. Jérôme Garcin	*Galops*
5623. François Garde	*Ce qu'il advint du sauvage blanc*
5624. Franz-Olivier Giesbert	*Dieu, ma mère et moi*
5625. Emmanuelle Guattari	*La petite Borde*
5626. Nathalie Léger	*Supplément à la vie de Barbara Loden*
5627. Herta Müller	*Animal du cœur*
5628. J.-B. Pontalis	*Avant*
5629. Bernhard Schlink	*Mensonges d'été*
5630. William Styron	*À tombeau ouvert*
5631. Boccace	*Le Décaméron. Première journée*
5632. Isaac Babel	*Une soirée chez l'impératrice*
5633. Saul Bellow	*Un futur père*
5634. Belinda Cannone	*Petit éloge du désir*
5635. Collectif	*Faites vos jeux !*
5636. Collectif	*Jouons encore avec les mots*
5637. Denis Diderot	*Sur les femmes*
5638. Elsa Marpeau	*Petit éloge des brunes*
5639. Edgar Allan Poe	*Le sphinx*
5640. Virginia Woolf	*Le quatuor à cordes*
5641. James Joyce	*Ulysse*

5642. Stefan Zweig	*Nouvelle du jeu d'échecs*
5643. Stefan Zweig	*Amok*
5644. Patrick Chamoiseau	*L'empreinte à Crusoé*
5645. Jonathan Coe	*Désaccords imparfaits*
5646. Didier Daeninckx	*Le Banquet des Affamés*
5647. Marc Dugain	*Avenue des Géants*
5649. Sempé-Goscinny	*Le Petit Nicolas, c'est Noël !*
5650. Joseph Kessel	*Avec les Alcooliques Anonymes*
5651. Nathalie Kuperman	*Les raisons de mon crime*
5652. Cesare Pavese	*Le métier de vivre*
5653. Jean Rouaud	*Une façon de chanter*
5654. Salman Rushdie	*Joseph Anton*
5655. Lee Seug-U	*Ici comme ailleurs*
5656. Tahar Ben Jelloun	*Lettre à Matisse*
5657. Violette Leduc	*Thérèse et Isabelle*
5658. Stefan Zweig	*Angoisses*
5659. Raphaël Confiant	*Rue des Syriens*
5660. Henri Barbusse	*Le feu*
5661. Stefan Zweig	*Vingt-quatre heures de la vie d'une femme*
5662. M. Abouet/C. Oubrerie	*Aya de Yopougon, 1*
5663. M. Abouet/C. Oubrerie	*Aya de Yopougon, 2*
5664. Baru	*Fais péter les basses, Bruno !*
5665. William S. Burroughs/ Jack Kerouac	*Et les hippopotames ont bouilli vifs dans leurs piscines*
5666. Italo Calvino	*Cosmicomics, récits anciens et nouveaux*
5667. Italo Calvino	*Le château des destins croisés*
5668. Italo Calvino	*La journée d'un scrutateur*
5669. Italo Calvino	*La spéculation immobilière*
5670. Arthur Dreyfus	*Belle Famille*
5671. Erri De Luca	*Et il dit*
5672. Robert M. Edsel	*Monuments Men*
5673. Dave Eggers	*Zeitoun*
5674. Jean Giono	*Écrits pacifistes*
5675. Philippe Le Guillou	*Le pont des anges*

5676.	Francesca Melandri	*Eva dort*
5677.	Jean-Noël Pancrazi	*La montagne*
5678.	Pascal Quignard	*Les solidarités mystérieuses*
5679.	Leïb Rochman	*À pas aveugles de par le monde*
5680.	Anne Wiazemsky	*Une année studieuse*
5681.	Théophile Gautier	*L'Orient*
5682.	Théophile Gautier	*Fortunio. Partie carrée. Spirite*
5683.	Blaise Cendrars	*Histoires vraies*
5684.	David McNeil	*28 boulevard des Capucines*
5685.	Michel Tournier	*Je m'avance masqué*
5686.	Mohammed Aïssaoui	*L'étoile jaune et le croissant*
5687.	Sebastian Barry	*Du côté de Canaan*
5688.	Tahar Ben Jelloun	*Le bonheur conjugal*
5689.	Didier Daeninckx	*L'espoir en contrebande*
5690.	Benoît Duteurtre	*À nous deux, Paris !*
5691.	F. Scott Fitzgerald	*Contes de l'âge du jazz*
5692.	Olivier Frébourg	*Gaston et Gustave*
5693.	Tristan Garcia	*Les cordelettes de Browser*
5695.	Bruno Le Maire	*Jours de pouvoir*
5696.	Jean-Christophe Rufin	*Le grand Cœur*
5697.	Philippe Sollers	*Fugues*
5698.	Joy Sorman	*Comme une bête*
5699.	Avraham B. Yehoshua	*Rétrospective*
5700.	Émile Zola	*Contes à Ninon*
5701.	Vassilis Alexakis	*L'enfant grec*
5702.	Aurélien Bellanger	*La théorie de l'information*
5703.	Antoine Compagnon	*La classe de rhéto*
5704.	Philippe Djian	*"Oh..."*
5705.	Marguerite Duras	*Outside* suivi de *Le monde extérieur*
5706.	Joël Egloff	*Libellules*
5707.	Leslie Kaplan	*Millefeuille*
5708.	Scholastique Mukasonga	*Notre-Dame du Nil*
5709.	Scholastique Mukasonga	*Inyenzi ou les Cafards*
5710.	Erich Maria Remarque	*Après*
5711.	Erich Maria Remarque	*Les camarades*
5712.	Jorge Semprun	*Exercices de survie*

5713.	Jón Kalman Stefánsson	*Le cœur de l'homme*
5714.	Guillaume Apollinaire	*« Mon cher petit Lou »*
5715.	Jorge Luis Borges	*Le Sud*
5716.	Thérèse d'Avila	*Le Château intérieur*
5717.	Chamfort	*Maximes*
5718.	Ariane Charton	*Petit éloge de l'héroïsme*
5719.	Collectif	*Le goût du zen*
5720.	Collectif	*À vos marques !*
5721.	Olympe de Gouges	*« Femme, réveille-toi ! »*
5722.	Tristan Garcia	*Le saut de Malmö*
5723.	Silvina Ocampo	*La musique de la pluie*
5724.	Jules Verne	*Voyage au centre de la terre*
5725.	J. G. Ballard	*La trilogie de béton*
5726.	François Bégaudeau	*Un démocrate : Mick Jagger 1960-1969*
5727.	Julio Cortázar	*Un certain Lucas*
5728.	Julio Cortázar	*Nous l'aimons tant, Glenda*
5729.	Victor Hugo	*Le Livre des Tables*
5730.	Hillel Halkin	*Melisande ! Que sont les rêves ?*
5731.	Lian Hearn	*La maison de l'Arbre joueur*
5732.	Marie Nimier	*Je suis un homme*
5733.	Daniel Pennac	*Journal d'un corps*
5734.	Ricardo Piglia	*Cible nocturne*
5735.	Philip Roth	*Némésis*
5736.	Martin Winckler	*En souvenir d'André*
5737.	Martin Winckler	*La vacation*
5738.	Gerbrand Bakker	*Le détour*
5739.	Alessandro Baricco	*Emmaüs*
5740.	Catherine Cusset	*Indigo*